普希金诗选

Избранные стихотворения

〔俄〕普希金/著
高莽 等/译

名著名译
丛书

人民文学出版社

А. С. ПУШКИН
ИЗБРАННЫЕ СТИХОТВОРЕНИЯ

图书在版编目(CIP)数据

普希金诗选/(俄罗斯)普希金著；高莽等译.—北京：人民文学出版社，2014（2024.10重印）

（名著名译丛书）

ISBN 978-7-02-010273-0

Ⅰ.①普… Ⅱ.①普…②高… Ⅲ.①诗集—俄罗斯—近代 Ⅳ.①I512.24

中国版本图书馆 CIP 数据核字（2014）第 033526 号

责任编辑	李丹丹
装帧设计	刘　静　陶　雷
责任印制	苏文强

出版发行	人民文学出版社
社　　址	北京市朝内大街 166 号
邮政编码	100705

印　　刷	河北新华第一印刷有限责任公司
经　　销	全国新华书店等

字　　数	255 千字
开　　本	890 毫米×1290 毫米　1/32
印　　张	13.75　插页 3
印　　数	62001—65000
版　　次	2015 年 4 月北京第 1 版
印　　次	2024 年 10 月第 12 次印刷

书　　号	978-7-02-010273-0
定　　价	35.00 元

如有印装质量问题，请与本社图书销售中心调换。电话：010-65233595

普希金

普希金(1799—1837)

  俄罗斯最伟大的天才诗人，俄国近代文学奠基人。他在抒情诗、长诗、小说、诗体长篇小说等各种文学体裁方面都卓有建树。

  本书精选了广为流传的《自由颂》《纪念碑》等二百首抒情诗，它们充满对自由的向往，富有优美的爱情旋律。普希金的诗篇为当时的俄国社会灌注了勃勃生机，也给后人提供了留传百世的艺术珍品。

译　者

高　莽(1926—2017)，哈尔滨人，翻译家、作家和画家，笔名乌兰汗。译有普希金、莱蒙托夫、马雅可夫斯基等作家的大量作品。著作有散文集《久违了，莫斯科！》、传记文学《帕斯捷尔纳克》等。

魏荒弩(1918—2006)，原名魏真，河北无极人。1940年毕业于遵义外国语专科学校。解放后长期担任北京大学教授。译著有《伊戈尔远征记》《涅克拉索夫诗选》《俄国诗选》等。

  本书其他译者皆为著名俄苏文学翻译家。

出 版 说 明

人民文学出版社从上世纪五十年代建社之初即致力于外国文学名著出版，延请国内一流学者研究论证选题，翻译更是优选专长译者担纲，先后出版了"外国文学名著丛书""世界文学名著文库""二十世纪外国文学丛书""名著名译插图本"等大型丛书和外国著名作家的文集、选集等，这些作品得到了几代读者的喜爱。

为满足读者的阅读与收藏需求，我们优中选精，推出精装本"名著名译丛书"，收入脍炙人口的外国文学杰作。丰子恺、朱生豪、冰心、杨绛等翻译家优美传神的译文，更为这些不朽之作增添了色彩。多数作品配有精美原版插图。希望这套书能成为中国家庭的必备藏书。

为方便广大读者，出版社还为本丛书精心录制了朗读版。本丛书将分辑陆续出版。

人民文学出版社
2015 年 1 月

前　言

　　俄罗斯伟大诗人普希金的名字，早已为我国广大读者所熟悉。从鲁迅、郭沫若、茅盾、郑振铎等前辈作家介绍和翻译普希金开始，经过后来者们的不断耕耘，至今，普希金的作品已经以众多的散本和不止一种的文集、全集的形式，出现在读者的面前。一九九九年六月六日是诗人诞生二百周年。俄罗斯把这一天作为国家节日举国欢庆。我国北京、上海等城市也在这一天举行了各种形式的庆祝活动。人民文学出版社还赶在这一天，出版了普希金在中国百年纪念文集《普希金与我》。中国人民对普希金的热爱与尊敬由此可见一斑。

　　亚历山大·谢尔盖耶维奇·普希金一七九九年六月六日，生于莫斯科一个没落的贵族家庭。父亲崇尚法国文化，伯父是诗人，家里有一个藏书很多的图书馆。当时俄国著名的诗人卡拉姆津、茹科夫斯基、巴丘什科夫等又常来他家做客。因此，他幼年时期即受到文学的，特别是诗的熏陶。他家里聘有一名法国教师，八岁时他就能用法文写诗。一八一一至一八一七年，他被送到当时沙皇专为贵族子弟设立的彼得堡皇村学校读书。他的真正的诗歌活动就是从这时开始的。一八一二年拿破仑的入侵和俄军反攻的胜利，激发了他的爱国主义情感。一八一四年写的《皇村回忆》得到大诗人杰尔查文的赏识，使他一跃跻身诗坛。一八一七年他从皇村学校毕业，以十品文官衔去外交部任职。俄国当时仍然是一个封建农奴制的国家，但是，由于进步的贵族知识分子反对暴政、争取自由的活动，俄罗斯开始进入一个民族觉醒时期。普希金在学校时即深受一些教授、校内外知识分子自由思想的影响，思想上、精神上已和当时这种进步运动合流。一八一七年写出的气势磅礴的《自由颂》，曾以手抄本的形式广为流传并引起思想界的极大重视。而以《自由颂》为代表的诗篇却触怒了沙皇。一八二〇至一八二四年，诗人被流放到俄国南方。一八二四年七月,又被流放到他母亲的田庄——北方的普斯科夫城附近的米哈伊洛夫斯克村。而这时期诗人的名声与影响却与日俱增。一八二五年十二月十四日,十二月党人起义被残酷镇压。一八二五年末,俄皇亚历山大一世病逝,新登基的沙皇尼古拉一世为了欺骗舆论,于一八二六年九月"赦免"了诗人,把他召回莫斯科,但却一直把他置于宪兵的监视之下。一八三一年二月普希金和冈察洛娃结婚,五月迁居彼得堡,仍在外交部供职。一八三七年二月八日,在和法国波旁王朝的亡命徒乔治·丹特士决斗中普希金不幸受重伤,十日逝世。

但是,普希金一生的坎坷经历却给了他机遇,磨难与痛苦结出了丰硕的果实。普希金在流放中继续写各种题材的抒情诗,表达这个跃动着的迸发着一种蓬勃朝气的时代的情绪,同时,又以其一部又一部涉及重大主题的长诗,给俄罗斯诗歌注入了新的活力。一八一七至一八二〇年创作的戏谑长诗《鲁斯兰与柳德米拉》,一举震动了俄国诗坛。四年南方流放期间撰写的四部长诗《高加索的俘虏》、《强盗兄弟》、《巴赫奇萨拉伊的喷泉》和《茨冈人》,创造了俄国诗史上一个真正的浪漫主义时期。一八二三年动笔一八三〇年完成的诗体长篇小说《叶甫盖尼·奥涅金》,则无可争辩地确立了他伟大诗人兼思想家的崇高地位。一八二五年在米哈伊洛夫斯克完成的人民性很强的现实主义诗剧《鲍里斯·戈都诺夫》,证明他在思想上已超越了十二月党人。生活要求诗人从浪漫主义的朦胧中回到现实中来。一八二五年以后,现实主义已取代浪漫主义,变成了他的创作的主流。一八二五年末的《努林伯爵》和一八二八年的《波尔塔瓦》,已经是属于现实主义的长诗了。为了对现实进行深入的思考,从三十年代起他转为以写散文为主,同时继续写一些叙事性和哲理性的抒情诗,一八三三年还完成了长诗《铜骑士》。

普希金用他的诗作、散文、诗体戏剧和诗体童话,开创了俄国文学的一个新时期,使落后于西欧的俄罗斯文学迅速地赶了上来。因此,他理所当然地被公认为俄罗斯近代文学的奠基人,俄罗斯文学语言的创建者,"俄罗斯诗歌的太阳"。

可以说，普希金一生的创作，就是十九世纪最初几十年间俄罗斯社会前进运动的形象的历史，是一幅映照社会生活各方面的生动的长卷。读普希金使我们想到的，首先是他的时代代言人、时代歌手的形象。从《自由颂》开始的一系列歌颂自由的诗篇，包括矛头直接指向沙皇和鞭挞恶官的讽刺诗，以及革命低潮时期一系列歌颂友谊的书信体诗，都是他所处的时代动荡的社会生活的反映。普希金在一八一八年《致恰阿达耶夫》里明白宣告："趁胸中燃烧着自由之火，/趁心灵向往着荣誉之歌，/我的朋友，让我们用满腔/壮丽的激情报效祖国。"在同年另一首诗里又说："而我这金不换的声音/正是俄罗斯人民的回声。"在一八二六年写的《先知》一诗里，他不无自豪地讲出了自己作为诗人的神圣使命："上帝的声音向着我召唤：/……把海洋和大地统统走遍，/用我的语言把人心点燃。"而在他逝世前一年所写的《纪念碑》里，他又为自己的一生作了总结："我将长时期地受到人民的尊敬和爱戴；/因为我用竖琴唤醒了人们善良的感情，/因为我歌颂过自由，在我的残酷的时代，/我还为倒下者呼吁同情。"高尔基说过："普希金之于俄国文学，正如达·芬奇之于欧洲艺术，同样是巨人。"历史证明，这种论断千真万确。

作为艺术家的诗人，他既讴歌推动时代前进的重大事件，也讴歌生活和它的丰富多彩。"我重新歌唱幻想、大自然和爱情，/歌唱忠实的友谊，美好的人物……"（《致恰阿达耶夫》，1821）。多年的流放生涯，使他有机会接触社会底层，也有更多的机会游览祖国河山，抒发自己的郁闷的心绪。但同时他也绘制了一幅幅祖国山川的瑰丽的风景画：广大的乡村，浩瀚的草原，茂密的森林，静静的顿河，雄奇的高加索群山，自由喧腾的大海，南方迷人的夜晚，北方漫天的风雪……在它的作品里，这样的画面随处可见。无怪当时就有人说，读了普希金的诗，俄罗斯人的压抑的感情仿佛才得到了解放，俄罗斯人仿佛从普希金的诗中才认识了自己伟大的祖国，认识了祖国的美。这至少反映了当时知识分子的心态。

爱情的主题在普希金的抒情诗和长诗里，占有一个很大的分量。

年轻的时候,他就把爱情看成一种神圣的感情。一八一四年他宣称:"当你陶醉于热烈的爱情,/切不可将爱情的缪斯遗忘;/世上没有比爱情更幸福的了:/一边爱,一边把爱情歌唱。"(《致巴丘什科夫》)。一八一六年更进一步:"爱情对我的折磨我很珍重,/纵然死也让我爱着死去!"(《心愿》)。因此,他的爱情诗总是那样缠绵细腻。一见倾心的爱慕,长相思的痛苦,嫉妒的折磨,欲言又止的羞怯,绝望中的倾吐,回忆中的甜蜜等常人会有的感情,都恰如其分地化作他的优美动人的诗句。一八二五年写的脍炙人口的《致克恩》("我记得那美妙的瞬间……")一诗,常常作为他的爱情诗的代表为我国读者反复诵读。在爱里,他尽情地摄取人间的美;在爱里,他真诚地寻找自己坎坷生涯的慰藉;在爱里,他不断地汲取创作的动力、生活的勇气。实际上,自由、爱情、友谊、大自然,在普希金的诗里,经常是同时出现的,并构成了诗人创作的整体。

　　普希金博览群书。他广泛地阅读了文艺复兴时期、启蒙运动时期大师们的作品,又把本国前辈大诗人看做自己的老师,因此,他继往开来,汲取一切先行者思想和诗艺上的长处,融会贯通,独辟蹊径,"走自己的路"。除了早期诗作还有些前人的影子以外,他很快就形成了自己的风格:立足于现实生活,从民间文学汲取营养,不断扩大语言的领域,运用各种诗韵,不断丰富和发展俄罗斯诗园。他把俄罗斯诗歌中已有的书信体、浪漫曲、哀诗体、对话体等体裁形式,在新的时代的背景上,发展到了淋漓尽致的地步。他还写了不少富有西欧和东方色彩的仿希腊诗、仿但丁诗、仿歌德诗、仿哈菲兹诗、仿古兰经诗等,从横的方面向世界延伸开去,进一步使俄罗斯诗园荡漾着世界诗园的气息。普希金的诗,简洁、准确、质朴、流畅、优美、和谐、丰满、完整。音乐性更是他的一个很重要的特点。有的评论家直接将他的诗称作语言的音乐,将诗人称作语言音乐家,说他的诗歌的描写力和音乐性获得了人世间艺术很少达到的统一,让人感到极大的艺术的愉悦。

　　普希金一生共写了八百多首抒情诗,本书从他的不同的创作阶段中精选了二百首,它们多是俄国文坛流传百世的精品。同时我们还从近二百年来一代代画家为普希金的诗篇所作的大量插图中精选了大小插图十余幅,其中包括俄国著名画家列宾等人的杰作。我们相信,经典作品配以精美插图,定会给读者带来无尽的艺术享受。

卢　永

目 录

在皇村中学(1814—1817)

致诗友 …………………………………… 003
致姐姐 …………………………………… 008
哥萨克 …………………………………… 013
致同学们 ………………………………… 016
致巴丘什科夫 …………………………… 021
皇村回忆 ………………………………… 025

(以上王士燮译)

小城 ……………………………………… 033
给巴丘什科夫 …………………………… 050
玫瑰 ……………………………………… 052
我的墓志铭 ……………………………… 053
致马·安·杰尔维格男爵小姐 ………… 054
阿那克里翁之墓 ………………………… 056
致一位画家 ……………………………… 058

(以上韩志洁译)

秋天的早晨 ……………………………… 060
哀歌 ……………………………………… 062
歌者 ……………………………………… 063
"一种爱情是冷淡的生活的快乐……" … 064
心愿 ……………………………………… 067
祝酒辞 …………………………………… 068

梦醒 …………………………………………………………………… 070

（以上丘琴译）

在彼得堡(1817—1820)

哀歌 …………………………………………………………………… 075
给杰尔维格 …………………………………………………………… 077
再见 …………………………………………………………………… 079
别离 …………………………………………………………………… 081
"再见吧，忠实的槲树林！……" …………………………………… 082
"既未到过域外，偏爱把异邦夸说……" …………………………… 083
致她 …………………………………………………………………… 084
自由颂 ………………………………………………………………… 086

（以上魏荒弩译）

给戈里琴娜大公夫人寄《自由颂》时附诗一首 ………………… 091
致娜·雅·波柳斯科娃 ……………………………………………… 092
童话 …………………………………………………………………… 094
致恰阿达耶夫 ………………………………………………………… 096

（以上乌兰汗译）

N.N.(给瓦·瓦·恩格里加尔特) …………………………………… 097
乡村 …………………………………………………………………… 099
水仙女 ………………………………………………………………… 103
隐居 …………………………………………………………………… 106
欢宴 …………………………………………………………………… 107

（以上苏杭译）

在南方(1820—1824)

给多丽达 ……………………………………………………………… 111
"我熟悉战斗，爱听刀剑相击……" ………………………………… 112
"唉！她为何还要闪现……" ………………………………………… 113
"我不惋惜我的青春良辰……" ……………………………………… 114

"白昼的巨星已经黯淡……" …………………………… 115
海仙 ………………………………………………………… 117
"渐渐稀薄了,飞跑的白云……" …………………………… 118

(以上陈馥译)

缪斯 ………………………………………………………… 119
"我再也没有什么期望……" …………………………… 120
战争 ………………………………………………………… 121
致格涅吉奇函摘抄 ………………………………………… 123
短剑 ………………………………………………………… 125
给瓦·里·达维多夫 ……………………………………… 128
给卡捷宁 …………………………………………………… 131
给恰阿达耶夫 ……………………………………………… 132
"谁见过那个地方?天然的丰饶……" …………………… 136
"我即将沉默!……但在忧伤的日子……" ……………… 138
"我的朋友,我忘了过往岁月的足迹……" ……………… 139
拿破仑 ……………………………………………………… 140
"忠贞的希腊女子!不要哭,——他已经
　英勇牺牲……" ………………………………………… 146
致奥维德 …………………………………………………… 147
征兆 ………………………………………………………… 151

(以上谷羽译)

给巴拉登斯基 ……………………………………………… 152
英明的奥列格之歌 ………………………………………… 153
给一个希腊女郎 …………………………………………… 159
致雅·尼·托尔斯泰函摘抄 ……………………………… 161
"令人心醉的往日的亲人……" …………………………… 163
给阿捷里 …………………………………………………… 165
囚徒 ………………………………………………………… 166
给弗·费·拉耶夫斯基 …………………………………… 167

(以上王守仁译)

小鸟 …………………………………………………………… 170
"波涛呵,是谁阻止你的奔泻?……" …………………… 171
夜 ……………………………………………………………… 172
"真羡慕你呵,勇敢的大海的养子……" ………………… 173
"孩子一般怀着美好的愿望……" ………………………… 174
恶魔 …………………………………………………………… 175
"你肯宽恕么,我嫉妒的幻梦……" ……………………… 176
"我是荒野上自由的播种人……" ………………………… 178
给大公夫人马·阿·戈里琴娜 …………………………… 179
生命的驿车 …………………………………………………… 180

(以上杜承南译)

在米哈伊洛夫斯克村(1824—1826)

"皇宫前肃立的卫兵睡意矇眬……" ……………………… 183
致雅泽科夫 …………………………………………………… 187
书商和诗人的谈话 …………………………………………… 189
致大海 ………………………………………………………… 198
"呵,我戴上了枷锁,玫瑰姑娘……" …………………… 203
葡萄 …………………………………………………………… 204
"夜晚的和风……" ………………………………………… 205
"阴沉的白昼隐去,阴沉的夜晚……" …………………… 207
仿古兰经 ……………………………………………………… 208
"你憔悴无语,忍受着痛苦的熬煎……" ………………… 217
朔风 …………………………………………………………… 218

(以上杜承南译)

焚烧的情书 …………………………………………………… 219
追求荣誉 ……………………………………………………… 220
给普·亚·奥西波娃 ………………………………………… 222
"保护我吧,我的护身法宝……" ………………………… 223

致克恩 ………………………………………… 225
新郎 …………………………………………… 228
"如果生活将你欺骗……" ………………… 237
饮酒歌 ………………………………………… 238
"草原上最后几朵花儿……" ……………… 239
十月十九日 …………………………………… 240
冬天的晚上 …………………………………… 247
"为了怀念你,我把一切奉献……" ……… 249
"我姐姐家的花园……" …………………… 250
"欲望之火在血液中燃烧……" …………… 251
暴风雨 ………………………………………… 252
"啊,烈火熊熊的讽刺的诗神!……" …… 253
小说家与诗人 ………………………………… 254
夜莺与布谷鸟 ………………………………… 256
"我们的沙皇是位了不起的大官……" …… 257

(以上乌兰汗译)

流放归来(1826—1830)

"在自己祖国的蓝天下……" ……………… 261
致维亚泽姆斯基 ……………………………… 262
斯金卡·拉辛之歌 …………………………… 263
承认 …………………………………………… 267
先知 …………………………………………… 269
给奶娘 ………………………………………… 271
"我从前这样,我现在还是这样……" …… 272
给伊·伊·普欣 ……………………………… 273
斯坦司 ………………………………………… 274
冬天的道路 …………………………………… 276

(以上魏荒弩译)

"在西伯利亚矿山的深处……" ………………………… 278
夜莺和玫瑰 …………………………………………… 280
"有一棵绝美的玫瑰：它……" …………………… 281
给叶·尼·乌沙科娃 …………………………………… 282
给吉·亚·沃尔康斯卡娅公爵夫人 …………………… 283
给叶·尼·乌沙科娃 …………………………………… 284
"在人世的、凄凉的、无边的草原……" …………… 285
阿里翁 ………………………………………………… 286
天使 …………………………………………………… 287
给基普连斯基 ………………………………………… 288
给叶卡捷琳娜·尼古拉耶夫娜·卡拉姆津娜的
　颂歌 ………………………………………………… 289
诗人 …………………………………………………… 290
"在黄金的威尼斯统治着的地方附近……" ………… 291
1827年10月19日 ……………………………………… 292
护符 …………………………………………………… 293

（以上卢永译）

给朋友们 ……………………………………………… 295
"有谁知道那地方——天空闪耀着……" …………… 297
TO DAWE,Esqr ……………………………………… 300
你和您 ………………………………………………… 301
"枉然的馈赠，偶然的馈赠……" …………………… 302
她的眼睛 ……………………………………………… 303
"美人儿啊，不要在我面前唱起……" ……………… 304
肖像 …………………………………………………… 305
预感 …………………………………………………… 306
"豪华的京城，可怜的京城……" …………………… 308
毒树 …………………………………………………… 309
答卡捷宁 ……………………………………………… 311

| 一朵小花儿 | 313 |
| 诗人和群氓 | 314 |

（以上苏杭译）

给伊·尼·乌沙科娃	317
"当驱车驶近伊若雷站……"	319
征兆	321
"夜幕笼罩着格鲁吉亚山冈……"	322
"冬天。我们在乡下该做什么？……"	323
冬天的早晨	325
"我爱过您：也许，我心中……"	327
"我们走吧，无论上哪儿我都愿意……"	328
"不论我漫步在喧闹的大街……"	329
高加索	331
雪崩	333
卡兹别克山上的寺院	335
"当鼓噪一时的流言蜚语……"	336
题征服者的半身雕像	338
寄赠人面狮身青铜像附诗	339

（以上顾蕴璞译）

"我的名字对于你有什么意义？……"	340
"当我紧紧拥抱着……"	341
给诗人	342
圣母	343
鬼怪	344
哀歌	347
工作	348
途中怨	349
永诀	351
"我的红光满面的批评家……"	352

英雄 ……………………………………………………… 354
"我记起早年学校生活的时期……" …………………… 358
"你离开了这异邦的土地……" ………………………… 361
我的家世 ………………………………………………… 363
"在欢娱或者百无聊赖的时刻……" …………………… 368

（以上丘琴译）

最后的岁月(1831—1836)

在这神圣的坟墓之前 ……………………………………… 373
给诽谤俄罗斯的人们 ……………………………………… 375
鲍罗金诺周年纪念 ………………………………………… 377
回声 ………………………………………………………… 381
"皇村学校愈是频繁地……" ……………………………… 382

（以上顾蕴璞译）

"我们又向前走——我不禁毛骨悚然……" …………… 384
题亚·奥·斯米尔诺娃纪念册 …………………………… 387
美人儿 ……………………………………………………… 388
致××× …………………………………………………… 389

（以上谷羽译）

"白雪如微风吹起的涟漪……" …………………………… 390
"亲家伊凡,只要酒盏一举……" ………………………… 391
秋 …………………………………………………………… 393
"天保佑,可别让我发疯……" …………………………… 398

（以上王守仁译）

"我在忧伤的惊涛骇浪中成长……" ……………………… 400
"我的朋友,时不我待!心儿祈求安宁……" …………… 401
黑心乔治之歌(《西斯拉夫人之歌》之11) …………… 402

（以上李海译）

乌云 ………………………………………………………… 405
"……我又重游……" …………………………………… 406

彼得一世的盛宴 …………………………………… 410
                              （以上陈馥译）
给杰·瓦·达维多夫 …………………………………… 413
"隐居的神父和贞洁的修女……" ………………………… 414
"当我在城郊沉思地徘徊……" …………………………… 415
"我给自己建起了一座非手造的纪念碑……" …………… 417
                              （以上陈守成译）

在皇村中学

1814—1817

致 诗 友[*]

阿里斯特①！你也想当帕耳那索斯②的奴仆，
把桀骜不驯的珀伽索斯③降伏；
通过危险的途径来追求桂冠，
还要跟严格的批评大胆论战！

阿里斯特，听我的话，放下你的笔，
忘却那溪流、幽林和凄凉的墓地，
不要用冰冷的小诗去表白爱情，
快快下来，免得滚下高高的山峰！④
就是没有你，诗人已经不少；
他们的诗刚一发表，就被世人忘掉。
也许，另一部《忒勒玛科斯颂》的作者⑤，
此刻，远远离开闹市的喧嚣，
跟愚蠢的缪斯结了不解之缘，
藏身在密涅瓦神盾⑥平静的阴影之间。

---

[*] 这是普希金在皇村学校上学的第三年发表的第一首诗。刊登在《欧罗巴通报》上，署名亚历山大·Н. к. ш. п. (Пушкин 的辅音颠倒而成)。
① 指无才华的诗人。
② 希腊神话中太阳神阿波罗和文艺女神缪斯居住的地方，转义为诗坛。
③ 希腊神话中的神马，转义为灵感。
④ 登上品都斯山或帕耳那索斯山或赫利孔山，按照十八世纪古典主义的说法，意味着写诗。
⑤ 暗指维·加·丘赫尔别凯(1797—1846)，诗人，普希金的朋友。《忒勒玛科斯颂》是瓦·基·特列季亚科夫斯基写的长诗。
⑥ 密涅瓦是罗马神话中的智慧女神，即希腊神话中的雅典娜。神盾是她的防身武器，一般用作"庇护"之义；诗中借喻"学校"。

呆头呆脑的诗人的命运,要引以为鉴,
他们的诗作堆积如山,成了祸患!
后世给诗人的进贡公平合理;
品都斯山①有桂冠,也有荆棘。
千万别遗臭万年!——要是阿波罗②听说
你也要上赫利孔山③,露出鄙夷的神色,
摇摇鬈发的头,为了对你的天才加以酬劳
赏你一顿清醒的皮鞭,该如何是好?

怎么样?你皱起眉头,准备答复我;
你也许会说:"请不必枉费唇舌;
我一旦做出决定,便决不改变,
要知道,我是命中注定,才选中琴弦。
我可以让世人去任意评论——
生气也好,叫骂也好,我还是诗人。"

阿里斯特,不要以为只会押押韵,
大笔一挥,不吝惜纸张,就成了诗人。
要想写出好诗,并不那么容易,
就像维特根什泰因④打得法国人望风披靡。
罗蒙诺索夫⑤、德米特里耶夫⑥和杰尔查文⑦
固然是俄国的光荣,是不朽的诗人,

---

① 在希腊,传为阿波罗统治的地方,转义为诗歌圣地。
② 又名福玻斯,希腊神话中重要神祇之一,是宙斯的儿子,是光明和艺术的象征,"献给阿波罗的祭品"就指诗歌。
③ 在希腊,传为缪斯们居住的地方,转义为诗人取得灵感之地。
④ 维特根什泰因(1769—1843),俄国将军,一八一二年指挥一个军,守卫通往彼得堡的大路。
⑤ 米·瓦·罗蒙诺索夫(1711—1776),俄国第一位大科学家和为现代俄语奠定基础的文学家。
⑥ 伊·伊·德米特里耶夫(1760—1837),俄国诗人。
⑦ 加·罗·杰尔查文(1743—1816),俄国古典派诗人。

给予我们以理智和谆谆教训,
可是有多少书刚一问世就已经凋殒!
里夫玛托夫、格拉福夫赫赫有名的诗篇
跟晦涩的比布鲁斯①一起,在书铺里腐烂;
没有人读这些废话,没有人记得它们,
福玻斯早给这些书打上诅咒的烙印。

  就算你侥幸爬上了品都斯山,
当之无愧地取得诗人的头衔,
于是大家都乐于读你的作品。
但你是否梦想,只要当了诗人,
国家的税金可以由你承包,
数不尽的财富会源源而来,
铁箱子里会装满金银财宝,
躺着吃吃喝喝,自在逍遥?
亲爱的朋友,作家可没那么有钱,
命运不曾赐给他们大理石宫殿,
也不曾给他们的箱子装满黄金:
地下的陋室和最高的顶间
才是他们辉煌的客厅和宫殿。
诗人备受赞扬,却只能靠杂志糊口;
福耳图那②的轮子总是从身旁绕着走;
卢梭③赤条条而来,又赤条条进入棺材;
卡蒙斯④跟乞丐睡一张床铺;

---

① 里夫玛托夫、格拉福夫、比布鲁斯都是假名,分别指希林斯基—希赫玛托夫(1783—1837)、德·伊·赫沃斯托夫伯爵(1757—1835)、谢·谢·鲍勃罗夫(1767—1835)。他们都属于"俄罗斯语言爱好者座谈会"的诗人。诗中"呆头呆脑的诗人",就是指他们。
② 罗马神话中的命运女神。即希腊神话中的堤喀。
③ 让-巴蒂斯特·卢梭(1670—1741),法国抒情诗人,死于贫困中。
④ 卡蒙斯·路易斯(1524—1580),葡萄牙诗人,死于救济院。

科斯特罗夫①死在顶间,无声无息,
亏得陌生人把他送进坟墓:
赫赫名声一场梦,生活却是一串痛苦。

你现在似乎开始有所省悟,
你会说:"你我不过是就诗论诗,
干吗你好像朱文纳尔②再世,
评头品足,对人人都苛刻之至?
你既然跟帕耳那索斯姊妹发生争吵,
干吗还用诗的形式来对我说教?
你怎么了?是否精神不正常?"
阿里斯特,不必多说,听我对你讲:

记得,从前有一位白发苍苍的神父
跟村中的平民百姓处得倒也和睦,
虽说上了年纪,日子过得蛮不错,
很久以来被认作最聪明的长者。
有一次参加婚礼,多贪了几瓶酒,
黄昏时候,醉醺醺地往家走;
迎面就遇见了一群庄稼人。
这些蠢汉便说:"神父,请问,
你平时教导我们,不许我们贪杯,
总是让大家戒酒,不能喝醉,
我们听信你的话,可今天你是怎么了……"
神父对这些庄稼人说:"大家听着:
我在教堂里怎么传道,你们就怎么做,
只管好好活着,用不着学我。"

---

① 叶尔米尔·伊凡诺维奇·科斯特罗夫(1750—1796),俄国诗人,生活贫苦。
② 朱文纳尔(60—约140),罗马讽刺诗人。

现在,我也只好这样来答复;
我丝毫不想为自己辩护:
对诗歌无兴趣的人才无上幸福,
平静地度过一生,没有忧虑和痛苦,
他不会用颂诗毁了别人的杂志,
也不会为写即兴诗,坐上几个星期!
他不爱攀登高峻的帕耳那索斯,
也不追求纯洁的缪斯和烈性的珀伽索斯;
看到拉马科夫①拿起笔也不会惊心;
他心安理得。阿里斯特,因为他不是诗人。

我们不必讨论了,我怕你厌烦,
更怕这讽刺笔调叫你难堪。
亲爱的朋友,我已经给了你规劝,
你是否能放弃芦笛,从此默然?……
通盘考虑一下,随你自己挑:
出名固然好,安静才更妙。

---

① 即彼·伊·马卡罗夫(1765—1804),批评家和新闻记者。曾著文批评"俄罗斯语言爱好者座谈会"的领袖亚·谢·希什科夫。

致 姐 姐*

你愿意吗,我的密友,
让我这年轻的诗人
跟你聊一聊天,
带上被忘却的竖琴,
长出幻想的翅膀,
离开这所修道院①
和这孤寂的地方。
每当夜色幽暗,
便有永恒的安宁
伴随着阴郁的沉寂
悄然无声地笼罩着
这阒无人迹的大地②。
……………………
我好像离弦的箭
飞到涅瓦河畔,
去拥抱幸福童年的
最亲密的伙伴,
犹如柳德米拉的歌手③
甘愿受幻想的引诱,

---

* 即奥尔加·谢尔盖耶夫娜·帕夫里肖娃。
① 诗人在这里把皇村学校比做修道院,把自己比做修士。
② 这行之后还有几行没保存下来。
③ 指茹科夫斯基(1783—1852),俄国浪漫主义诗歌的奠基人,写过叙事诗《柳德米拉》。

回到故乡的家园,
我给你带来的不是金子
(我是一个穷修士),
我要赠给你一束小诗。

　　我偷偷走进休息室,
哪怕在笔端浮想联翩,
啊,最亲爱的姐姐,
我跟你将如何见面?
你一到黄昏时候
都怎么消磨时间?
你可正在读卢梭,
还是把让利斯①放在面前?
还是跟快活的汉密尔顿②
开心地笑个没完?
或跟着格雷和汤姆逊③
凭借幻想遨游田野间:
那里的树林刮起微风
徐徐地吹入空谷,
婆娑的树木在耳语,
一条浩浩荡荡的瀑布
从山顶直泻而下?
或抱起那条老叭儿狗
(它竟然老于枕头之间)
把它裹进长披肩,
一边亲昵地爱抚它,
一边唤梦神,催它入眠?

---

① 让利斯(1746—1830),法国女作家,写了不少道德题材的儿童作品。
② 汉密尔顿(1646—1720),法国作家,写过许多东方童话故事。
③ 格雷(1716—1771)和汤姆逊(1700—1748),英国感伤派诗人。

或像沉思的斯薇特兰娜①
站在波涛滚滚的涅瓦河上
望着一片漆黑的远方?
或用飞快的手指
弹起响亮的钢琴,
使莫扎特②再世?
或重弹皮契尼③
和拉莫④的曲子?

　　我们终于见面了,
于是我心花怒放,
就像明媚的春天一样,
感到一种无言的喜悦。
忘记了别离的日子,
也忘记了寂寞和痛苦,
心中的忧伤踪影全无。

　　但这只不过是幻想!
唉,我还是一个人
借着暗淡的烛光
在修道院给你写信。
昏暗的禅房静悄悄:
门上插着门闩,
沉默——这欢乐的敌人,
还有寂寞看守着我们!

---

① 茹科夫斯基另一部叙事诗的主人公。
② 莫扎特(1756—1791),奥地利杰出的作曲家。
③ 皮契尼(1728—1800),意大利作曲家。
④ 拉莫(1683—1764),法国作曲家。

一张摇晃的床,
一把破旧的木椅,
一只装满清水的瓶,
一只小巧的芦笛——
这就是我一觉醒来
在眼前看到的东西。
幻想呀,只有你
是上帝赐给我的奇迹,
你可以把我带到
那神奇的希波克林泉①,
身居禅室也自得怡然。

　　女神呀,如果离开你,
我可怎么生活下去?
我本来性喜热闹,
从中得到无限乐趣,
突然被命运带到远方,
关在四堵大墙中间,
就像到了忘川②的岸上,
活活遭到幽禁,
永远被人埋葬,
两扇门吱扭一声
在我身后关上,
于是世界的美丽景色
被一片黑暗遮挡!……
从此我看外面世界,
就像囚徒从狱中

---

① 又译马泉,古希腊神话中阿波罗的马(珀伽索斯)在赫利孔山下踢出的一条清泉,能启发人的灵感,也称灵泉。
② 又译勒忒河,希腊神话中冥国之河,死人喝了河水,便忘掉生前的事。

窥望朝霞的光芒，
即使是旭日东升，
把它那万道金光
射进这狭小的窗子，
我心中依然充满忧伤，
无法感到欢畅。
或是到了黄昏时候，
天空一片黑暗，
云彩里的一道霞光
也渐渐变得暗淡——
我就忧伤地去迎接
昏暗的暮色出现，
在叹息声中送走
即将逝去的一天！……
一边数着念珠，
一边含泪望着铁栏。

　　但是光阴似箭，
石门上的门闩
总有一天会脱落，
我的骏马快如风，
越过河谷和高山，
来到繁华的彼得堡；
那时我将忙于乔迁，
离开这昏暗的禅室，
离开这旷野和花园；
抛却禁欲的修士帽——
变成一个被除名的修士
飞回你的怀抱。

哥 萨 克*

有一次，半夜时候，
　　茫茫大雾，一片黑暗，
一个勇敢的哥萨克
　　骑着马，悄悄走在河岸。

头上歪戴着黑皮帽，
　　尘土落满了他的短袄，
膝旁搭拉着手枪，
　　地上拖着长长的马刀。

忠实的马松着缰绳，
　　缓缓地向前迈步，
长长的鬃毛一颠一颠，
　　不觉走出很远的路。

前面出现两三间小房，
　　四周的围墙破乱不堪；
一条路通往小村庄，
　　另一条通往密林中间。

"树林里找不到姑娘，"
　　好汉戴尼斯这样想，

---

* 手稿中副标题是：《仿乌克兰民歌》。

"美丽的姑娘到了黑天
　　　一定回到她的闺房。"

这个顿河的哥萨克
　　　一磕马刺,一拉马缰,
马儿跑得像箭一样快,
　　　转眼间来到了草房。

一轮明月藏在云后
　　　把天边照得通亮;
美丽的姑娘坐在窗前,
　　　正在那里黯然神伤。

好汉看见美丽的姑娘
　　　心儿跳得发慌,
马儿慢慢地向左转,
　　　终于来到窗旁。

"夜越来越黑
　　　月儿躲进了云彩,
亲爱的,帮我饮饮马,
　　　请你快快出来。"

"不!跟小伙子接触
　　　我怕引起闲话,
我也不敢走出家门
　　　去给你饮马。"

"啊,美丽的姑娘,不用怕,
　　　何不找一个情人!"

"姑娘在夜里会出危险。"
　　"亲爱的,你不用担心!

听我说,那都是胡说;
　　丢开那些多余的顾虑!
把大好光阴白白浪费了;
　　亲爱的,别再犹豫!

快骑上我的骏马,
　　我俩走到遥远的地方;
你跟我一定会幸福:
　　守着情人到处是天堂。"

姑娘怎么了? 她低下头,
　　克制住内心的恐慌,
羞怯地答应跟他走,
　　哥萨克心花怒放。

他们骑上马,疾驰而去,
　　情郎爱恋着姑娘;
但是,只爱了她两星期,
　　第三星期就变了心肠。

致同学们*

朋友们,闲暇的时候到了;
　　一片安静和沉寂;
快铺上桌布,拿来酒杯!
　　取来金色的玉液!
香槟在玻璃杯里冒泡吧。
　　朋友们! 为什么必得
在桌上摆着大本大本的书?
　　什么塞涅卡①、塔西陀②和康德③……
把冷冰冰的夫子扔到桌下去,
　　让我们占领这块竞赛场;
把傻乎乎的学究扔到桌下去!
　　没有他们,我们喝得更欢畅。
难道在酒席上还能找到
　　一个清醒的大学生?
赶快把主席选出来,
　　马上就会有用。
他会把喷香的甜酒和潘趣④
　　当做奖赏斟给酒鬼,
至于你们这些斯巴达人⑤,

---

* 这首诗其他版本题做《饮酒的大学生们》。
① 塞涅卡(公元前4—公元65),古罗马政治家、哲学家和作家,属斯多葛学派。
② 塔西陀(约58—117),罗马历史学家。
③ 康德(1724—1804),德国哲学家,德国古典唯心主义创始人。
④ 用果汁、香料、茶和酒混合成的饮料,潘趣一词来自英语。
⑤ 古希腊城市国家的公民,转义为俭朴刻苦的人。

〔俄〕列宾 作

　　　　　他只给清水一杯！
　　我的好加里奇①，祝你健康，
　　　　　你是伊壁鸠鲁的弟兄，
　　主张享乐和逍遥自在，
　　　　　把心灵寄托在杯中。
　　请你赶快戴上花冠
　　　　　来当我们的主席，
　　就连那些帝王也要
　　　　　对大学生羡慕不已。
　　杰尔维格②，伸伸手！干吗还睡？
　　　　　快快醒来，好睡懒觉的人！
　　这可不是上拉丁文
　　　　　你坐在讲座前直打盹。
　　你看：这里都是你的好友，
　　　　　瓶里盛满玉露琼浆，
　　你就唱吧，风流诗人，
　　　　　为了我们缪斯的健康。
　　亲爱的讽刺诗人③！好吧！
　　　　　给闲暇之杯斟满酒！
　　一下子写出一百首讽刺诗，
　　　　　去讽刺敌人和朋友。
　　而你，年轻的美男子，
　　　　　浪荡公子阁下！④
　　你将是最豪放的酒徒，

---

① 亚·伊·加里奇(1783—1848)，皇村学校讲授俄语和拉丁语的教授(从一八一四年五月五日至一八一五年六月)。
② 安东·安东诺维奇·杰尔维格(1798—1831)，俄国诗人，普希金的同学和亲密的朋友。
③ 指阿列克谢·杰米扬诺维奇·伊利切夫斯基(1798—1837)，普希金皇村学校的同学。
④ 指亚·米·戈尔恰科夫公爵。

别的事就不必管它！
尽管我是学生，尽管醉了，
　　我还知道谦逊自重，
来，举起冒泡的酒杯，
　　我祝你建立战功！
还有你，天生的淘气包儿，
　　调皮鬼里的头头①，
真是豁得出命的大胆儿，
　　却是我的知心朋友，
为了普拉托夫②的健康，
　　把那些杯杯瓶瓶摔碎，
干脆把酒倒进哥萨克帽里——
　　然后重新干杯！
亲爱的朋友，真正的朋友③，
　　让我们彼此摇一摇手，
让我们把书呆子的无聊
　　抛到传递的杯子里头；
我们并非头一次喝酒，
　　也常常发生争吵，
但是，一斟满友谊之杯，
　　马上就会言归于好。
跟你一起玩牌，无拘无束，
　　我从内心里喜欢你——
把这杯酒斟得满满的——
　　理智，去见你的上帝！……
可是怎么了？……我眼睛发花；

---

① 指伊·瓦·马利诺夫斯基(1796—1873)，普希金皇村学校的同学。
② 马特维·伊凡诺维奇·普拉托夫(1751—1818)，顿河哥萨克首领。一八一二年战争的英雄。
③ 指伊·伊·普欣(1798—1859)，普希金的同学。

　　　　整个屋子天旋地转；
阿拉克①酒瓶个个成双,
　　　　眼前一片黑暗……
同学们,你们在哪儿？我在哪儿？
　　　　请告诉我,为了酒神……
我的朋友们,原来大家
　　　　正伏在笔记本上打盹……
你这活受罪的作家！
　　　　看样子你最清醒；
维廉②,念念你的诗吧,
　　　　好让我快些入梦。

---

① 用椰子或海枣汁或稻米酿的酒。
② 即丘赫尔别凯。

致巴丘什科夫[*]

快活的哲学家和诗人,
帕耳那索斯幸福的懒人,
美惠女神①娇惯的宠儿,
可爱的阿俄涅斯姊妹②的知音,
欢乐的歌者,你为什么沉默了,
不再拨弄你那金弦的竖琴?
难道连你这年轻的幻想家
也终于跟福玻斯生分?

你那拳曲的金发
再也不戴芬芳的玫瑰花冠,
你再也不在白杨的浓荫下
让一群妙龄女郎围在中间,
再也不举起祝酒的大杯
把爱情和酒神歌颂,
再也不撷取帕耳那索斯的鲜花,
只满足于开头的成功;
从此听不到俄国巴尔尼③的歌声!……

---

[*] 康·尼·巴丘什科夫(1787—1855),俄国早期浪漫主义诗人。他一八一三年至一八一四年间远征国外,回国后在世界观和创作上都发生了严重危机,很少写作。他的诗里开始出现悲观情调。

① 希腊神话中象征快乐、美丽、光明的三女神,相传是宙斯的女儿。
② 缪斯九女神的别名。
③ 巴尔尼(1753—1814),法国诗人。以写爱情诗闻名。

唱吧,年轻人,因为泰奥斯的歌手①
把他的千种柔情赐给了你,
还有妖媚的女友在你左右,
丽列达②是你幸福时刻的欢乐,
爱情的歌手得到爱情就是报酬。
赶快调整你的竖琴。
用轻快的手指拨动琴弦,
就像春风吹拂百花,
用诗的多情缠绵、
用爱的悄声细语
去呼唤丽列达,让她进草庵。
高远的天空疏星闪烁,
独居的幽室一片昏暗,
你这可爱的幸运儿呀,
就借着这暗淡的星光
一边倾听着奇异的静谧,
一边把幸福的泪洒到美人的胸上;
但当你陶醉于热烈的爱情,
切不可把爱情的缪斯遗忘;
世上没有比爱情更幸福的了:
一边爱,一边把爱情歌唱。

每逢闲暇,亲朋好友
纷纷前来将你拜访,
嘭嘭啪啪,美酒挣脱禁锢,
泛着泡沫,迸溅流淌——

---

① 指阿那克里翁(约公元前570—487),古希腊抒情诗人,生于小亚细亚的泰奥斯,喜欢歌颂爱情、醇酒和逍遥自在的生活。
② 巴丘什科夫在他最有名的诗篇《我的家》(1811)里用的名字。

你可将席上饶舌的宾客
用游戏笔墨加以描绘,
写他们的欢笑和喧闹,
写冒着白沫的酒杯,
写铿亮的玻璃相撞。
客人们用碰杯和着拍子,
一起来重复你的诗句,
高一句低一句很不像样。

　　诗人!写什么由你选择,
但要大胆,要使琴声响亮,
你跟着茹科夫斯基去歌唱血战
和沙场上那可怕的死亡。
你在阵前曾跟死神相逢,
你命运不济,倒在疆场上,
你追求的是俄国人的光荣!
你被闪着寒光的镰刀砍中了
颓然倒下,险些丧了命!……

　　或者受朱文纳尔的鼓舞,
学会用讽刺的针砭,
时而举起犀利的匕首
去嘲笑和打击恶端,
说笑间指出可笑的例证,
如果可能,也将我们劝导。
但不要惊动特列季亚科夫斯基,
他的宁静常常受到骚扰。
唉,就是没有他,
蹩脚的诗人已经不少,
世界上有的是题材

值得你去尽情挥毫！

　　好吧！……我在这个世界上
是无名之辈。我的芦笛不敢
再把这个曲子继续吹下去。
对不起——但请听我的良言：
趁着你还受到缪斯的宠爱，
得到庇厄里得斯①的鼓舞，
虽曾被看不见的箭所中伤，
并不肯马上进入坟墓，
就把世间的忧伤忘掉吧，
年轻的纳索②，把你的竖琴轻弹，
厄洛斯③和美惠女神曾给你桂冠，
阿波罗曾为你调理琴弦。

---

① 缪斯的又一别名。
② 普布留·奥维德·纳索，通称奥维德（公元前43—17），古罗马诗人。这里指巴丘什科夫。
③ 希腊神话里的爱神。

皇村回忆*

睡意蒙眬的苍穹上
挂起了阴沉的夜幕；
万籁俱寂，空谷和丛林都安睡了，
远方的树林笼罩着白雾；
小溪潺潺，流入丛林的浓荫，
微风徐徐，已在树梢上入梦，
娴静的月亮好像富丽的天鹅
飘浮在银白色的云朵中。

瀑布从嶙峋的山石上
像碎玉河直泻而下，

---

* 这首诗是皇村学校教授加里奇授意为参加俄语公开考试而写的；普希金于一八一五年一月八日在考场上朗诵了这首诗，当时杰尔查文在场，给予热情赞扬。诗人在一八一六年致茹科夫斯基的诗中、《叶甫盖尼·奥涅金》的第八章和一八三五年的短评里都回忆过这段情景："我一生中只见过杰尔查文一次。"一八一九年普希金修改这首诗时，故意删掉其中对沙皇亚历山大一世的传统颂词（共两个诗节），以示不满。

在平静的湖水里,神女们泼弄着
　　微微荡漾的浪花;
远处,宏伟的殿堂悄然无声,
凭借拱顶,直上云端。
这里不是世上神仙享乐的所在吗?
　　这不是俄国密涅瓦①的宫殿?

　　这不是皇村花园——
　　美丽的北国天堂?
俄国的雄鹰②战胜狮子③,就长眠在
　　这和平安乐的地方!
那些辉煌的时代一去不复返了,
当年,仰赖伟大女人的权杖,
幸福的俄罗斯威名赫赫,
　　天下安定,繁荣兴旺!

　　在这里,每走一步,
　　都会引起对往昔的回忆;
一个俄国人环顾四周,叹息说:
　　"伟人不在了,一切都成为过去!"
于是悄然坐在肥沃的岸上,
陷入沉思,倾听着风声,
逝去的岁月在眼前一掠而过,
　　他满怀平和的赞喜之情。

　　他看到:在汹涌的波涛之间,

---

① 指叶卡捷琳娜二世。她重修了皇村宫殿和花园,它们的基本面貌保持到今天。下文诗人把她又称做"伟大女人"。后来普希金对她另有叫法,已远非谀词了。
② 俄国的国徽。
③ 瑞典的国徽。

在长满藓苔的坚硬的岩石上，
耸立着一座纪念碑①。一只年轻的鹰
　　　蹲在碑上，伸展开翅膀。
沉重的铁链和闪电的光芒
在威严的圆柱上绕了三圈；
柱脚周围，白头浪轰隆作响，
　　　然后平息在闪光的泡沫里边。

　　　在翁郁的松林的浓荫里
　　　竖立着一座朴素的纪念碑②。
啊，它给亲爱的祖国带来了光荣，
　　　对加古尔河却是莫大耻辱！
啊，俄罗斯的巨人，你们将永垂不朽！
你们曾在战争的风云中锻炼成长。
啊，叶卡捷琳娜的股肱和功臣，
　　　你们的名字将百世流芳。

　　　啊，战争的光荣时代，
　　　你是俄罗斯的荣耀的见证人！
你看到奥尔洛夫、鲁勉采夫、苏沃洛夫——
　　　斯拉夫这些英武的子孙——
怎样靠宙斯的雷电取得胜利；
他们的奇绩使全世界大为震惊。
杰尔查文和彼得罗夫③用响亮的竖琴
　　　歌颂这些英雄的战功。

---

① 叶卡捷琳娜在皇村的湖中小洲上为纪念阿·戈·奥尔洛夫伯爵一七七〇年在切斯马战胜土耳其的海上大捷而建造的圆柱。
② 为十八世纪著名统帅彼·亚·鲁勉采夫伯爵修的方尖碑：是为纪念一七七〇年在加古尔河畔打败土耳其修造的。
③ 瓦西里·彼得罗维奇·彼得罗夫(1736—1799)，俄国诗人，写颂诗著称。

你这难忘的时代过去了!
　　　可是不久,新时代接着降临,
它看到的是新战争和战争的恐怖;
　　苦难已成为世人的命运。
一个靠诡计和鲁莽上台的皇帝①
用凶恶的手举起血腥的宝剑,
人间的灾星出现了,马上燃起
　　新战争的可怕烽烟。

　　敌人像浩荡的洪水
　　淹没了俄国的土地。
在他们面前,阴郁的草原在沉睡,
　　田野蒸发着血腥气。
和平的城市和村庄在黑夜里燃烧,
周围的天空被照得一片火红,
密林成了难民的藏身之地,
　　铁犁锈了,在地里闲着无用。

　　敌人横冲直撞,不可阻挡,
　　烧杀劫掠,一切都化为灰烬。
柏洛娜②战死的子孙的幽灵
　　化成飘忽无形的大军,
不断地走进阴暗的坟墓,
或寂静的夜里在林中游荡……
听,杀声四起!……有人从雾蒙蒙的远方来了!
　　盔甲和宝剑撞得丁当响!……

---

① 指拿破仑。
② 罗马神话中的女战神,即希腊神话中的厄尼俄。

闻风丧胆吧，异族的军队！
　　　　俄罗斯的儿女发起进攻；
不分老幼，起来奋勇杀敌，
　　　　他们心中复仇之火正红。
发抖吧，暴君！你的末日到了！
　　你将看到个个战士都是好汉；
他们不打败你，就死在战场，
　　　　为了罗斯，为了神圣的祭坛！

　　　　战马嘶鸣，跃跃欲试，
　　　　山谷里布满兵将，
一队跟着一队，人人要复仇和光荣，
　　　　欣喜之情充满胸膛。
他们奔赴一场恶宴；剑要杀人，
于是战斗开始了；山冈上炮声震天，
在滚滚烟尘中宝剑和飞矢呼啸，
　　　　鲜血往盾牌上迸溅。

　　　　一场血战。俄国人胜利了！
　　　　傲慢的高卢人①纷纷逃窜！
但在天之主对这个善战的枭雄
　　　　还恩赐了最后的希望一线，
白发将军②没能在这里打败他；
啊，鲍罗金诺血洗的战场！
你没能降伏敌人的猖狂和高傲！
　　　　噫，高卢人上了克里姆林城墙！……

---

① 高卢是古地名，包括法、意、比、卢森堡等很大地区。此处高卢人指法国人。
② 指米·伊·库图佐夫。

莫斯科啊,亲爱的家乡,
　　当我的年华像早霞初升,
就曾在这里虚掷了宝贵时光,
　　不知道什么叫痛苦和不幸;
如今你看到了我们祖国的敌人,
你被大火吞没,被鲜血染红,
而我却未能为你报仇而捐躯,
　　只是空自怒火填膺! ……

莫斯科啊,你的百头①的美,
　　故城的姿色如今在哪里?
从前呈现在眼前的富丽的京城
　　现在只剩下残垣断壁;
莫斯科啊,你凄惨的景象真怕人!
皇宫和王府都被夷为平地,
都被大火烧了。塔顶的桂冠黯然失色,
　　富人的楼阁都已颓圮。

那里原是豪华的所在,
　　处处有园林、浓荫匝地,
桃金娘馥郁芬芳,椴树随风摇曳,
　　如今变成了焦土和瓦砾,
在美妙的夏夜,宁静的时刻,
快活的喧闹声再也飞不到那里,
岸边和树林再也没有灯火闪烁,
　　一切都灭绝了,一片沉寂。

宽心吧,俄国的诸城之母,

---

　① 指教堂的圆屋顶。

　　　　且看侵略者的下场。
如今上帝复仇的右手已沉重地
　　　　压在他们傲慢的脖颈上。
看,敌人在逃跑,连头也不敢回,
他们的鲜血在雪地上流成了河,
他们在逃——俄国的剑从后面追赶,
　　　　黑夜里等着他们的是死亡和饥饿。

　　　　啊,你们这些残暴的高卢人!
　　　　竟然也被欧洲强大的民族
吓得发抖。可怕呀,真是严峻的时代!
　　　　连你们也走进了坟墓。
你这柏洛娜和幸运的宠儿哪里去了?
你蔑视信仰、法律和正义的呼声,
你妄图用宝剑砍倒各国的王位。
　　　　你消失了啊,像早晨的噩梦!

　　　　俄国人在巴黎! 复仇的火把在哪?
　　　　高卢,快低下你的头吧!
这是什么景象? 俄国人带来了
　　　　金黄的橄榄和和解的微笑。
远处战争轰鸣,莫斯科一片凄凉,
就像草原笼罩在北国的寒雾之中,
俄国人带来的不是毁灭,而是拯救
　　　　和造福大地的和平。

　　　　啊,富有灵感的俄罗斯歌手①,
　　　　你歌颂过威武的战阵,

---

　① 指茹科夫斯基。

请你怀着热烈的心,为同行们
　　弹奏一曲黄金的竖琴!
再用和谐的琴声把英雄歌唱,
高傲的琴弦会把一团火送进心中;
年轻的士兵听到你这战斗的歌声,
　　他们的心就会颤抖和沸腾。

——以上王士燮译

小　城[*]

（致＊＊＊）

亲爱的朋友,请你谅解,
我竟沉默了两年,
从未给你写一封信,
因为实在不得空闲。
我乘坐三套马车
离开了质朴的寒舍,
来到伟大的彼得城,
迎接一个一个黎明。
两年来忙得团团转,
无事可做,又不得安闲,
无论去剧场或者赴宴,
边打呵欠,边寻欢;
唉！一时也不得安宁,
活像疲惫不堪的执事
在经台前念经不停,
又赶上复活节前的星期四[①]。
可是,感谢呀,感谢主！
如今我已经走上
平坦的大路;

---

[*] 这首诗初发表时,第三段被检查机关删掉了。《小城》不是诗人的现实生活,而是虚构的创作,因为诗人当时还在皇村学校读书。但诗的中心部分也谈到了诗人当时所读的作家与作品。这首诗充满了卡拉姆津派书信诗轻松讽刺的格调。

[①] 这一天教堂里祈祷时间最长,神职人员都很疲劳。

把操劳和忧伤
都推出了门庭,
我羞愧,偌长的时日
竟被它们愚弄。
我趁着神圣的静谧
远离开了闹市,
作为懒散达观的人,
幸福的是默默无闻,
生活在一个小城里。
我租一所朝阳的小屋,
有长沙发,有小壁炉;
三个朴素的房间,
没有金银、青铜古玩,
没有国外的地毯
铺盖着嵌木地板。
小窗对着开心的花园,
那里有苍老的菩提,
还有稠李花争艳;
每到消闲的中午之时,
浓郁繁茂的桦树枝
投下阴凉,为我蔽日;
甜香温柔的紫罗兰间
杂生着雪白清香的铃兰,
一股欢跃的清泉
托着漫游的花瓣,
避开了人的眼睛,
在篱笆下潺潺地流动。
你的善良的诗人
在这里生活得很开心;
不参加时髦的社交,

大街上也听不到
烦人的车声辚辚；
这里全然没有噪音，
很少看见一辆驿车
嘎嘎吱吱地从马路上通过，
间或有人过路
到我这里来借宿，
用行路的手杖棍
敲敲我的栅门……

  谁在安逸中行乐，
暗中结交上福玻斯
和小爱神厄洛斯，
谁就会怡然自得；
谁在僻静的角落，
戴着睡帽无虑无忧，
信步随意闲游，
谁就会怡然自得，
随自己意愿吃喝，
也不必操心接待来客！
没有人把他打搅，
妨碍他在一清早
一个人睡会儿懒觉；
有兴，就把女诗神
请到家来一大群；
无兴，就随意就寝，
头枕在利弗莫夫①身上

---

① "利弗莫夫"是由韵脚（рифма）一词变来的拟人的名字，指希林斯基—希赫玛托夫，讽只会押韵的人。

静静地进入甜蜜的梦乡。
亲爱的朋友,我如今
生活着非常惬意;
和那群无耻的仆人
宣告了永远别离;
独自坐在书房里,
我一点不感到寂寥,
只觉得心旷神怡,
往往把整个世界忘掉。
和我交往的是一些古人,
是帕耳那索斯的诗人;
他们和我同居一室,
都在那细纱帘里,
在简陋的书架之上。
歌者极富表现力,
散文家戏谑风趣,
都在这里排列成行。
莫摩斯[1]和密涅瓦之子,
刻毒的菲尔奈[2]的客里空[3],
诗人中首屈一指,
你,也在这儿,白发的顽童!
他为福玻斯所培育,
自幼就擅长诗歌,
他拥有的读者最多,
可他们最少受他折磨;

---

[1] 希腊神话中嘲弄和非难指摘之神。
[2] 伏尔泰曾在瑞士(日内瓦附近)买了一处庄园,取名菲尔奈,诗人最后二十年就是在那里度过的。
[3] 夸夸其谈的演说家、作家。

他是欧里庇得斯①的对手,
埃拉托②的知心好友,
阿里奥斯托和塔索之孙③,
我说?还是老实人④的父亲——
他处处显得超群,
这卓越无比的老人!
伏尔泰之后,跟着就是
荷马、维吉尔⑤和塔索,
一个挨着一个。
清晨一有空闲,
我就非常喜欢
把他们拆开来看。
年轻的美惠女神的后裔,
多情善感的贺拉斯⑥,
也和杰尔查文一起
来到了我的住地。
还有你,亲爱的歌手,
优美诗歌的作者,
你心地淳朴无邪,
多少颗心被你俘获,
你呀,瓦纽沙·拉封丹⑦,

---

① 欧里庇得斯(约公元前485—406),古希腊三大悲剧诗人之一。
② 希腊神话中主管抒情诗的缪斯。
③ 指法国作家伏尔泰。伏尔泰曾仿意大利诗人阿里奥斯托的长诗《疯狂的罗兰》的创作手法写出长诗《伊雷娜》,又仿意大利诗人塔索的《解放了的耶路撒冷》的风格创作了《亨利亚德》。
④ 伏尔泰的一部小说名为《老实人》。
⑤ 维吉尔(公元前70—19),古罗马诗人。
⑥ 贺拉斯(公元前65—8),古罗马诗人。
⑦ 拉封丹(1621—1695),法国寓言诗人。拉封丹的名字叫Jean(让),普希金以俄国名字的爱称,称其为瓦纽沙。

你也在这里,无忧的懒汉!
那温情的德米特里耶夫①
那么喜爱你的构思,
同克雷洛夫②一起,
信赖地在你身边栖息。
噢,善良的拉封丹,
金翅膀的普赛克③,
她那亲密的友伴
竟敢和你拼搏……
如果你平日善于惊奇,
惊叹吧,他竟胜过了你!
维尔若、格列古、巴尔尼④
都为爱神阿穆尔所培育,
都躲在了角落里。
(在寒冬的傍晚,
他们曾多次出来
把我的美梦驱散)。
这里还有奥泽罗夫⑤和拉辛⑥,
卢梭⑦和卡拉姆津⑧,
还有文学巨人莫里哀⑨,

---

① 俄国诗人德米特里耶夫是卡拉姆津感伤主义流派的代表人物。
② 克雷洛夫(1768—1844),俄国寓言作家。
③ 指俄国诗人伊·费·波格丹诺维奇(1743—1803)。他著有神话长诗《杜申卡》,叙述爱神厄洛斯和美神普赛克的爱情故事。拉封丹也写过同样的长诗。
④ 维尔若(1657—1720),格列古(1683—1743)和巴尔尼都是法国诗人,他们发展了拉封丹的传统,他们的诗以爱情为主题。
⑤ 弗·亚·奥泽罗夫(1769—1816),俄国感伤主义有声望的悲剧作家。
⑥ 拉辛(1639—1699),法国悲剧诗人。
⑦ 卢梭(1712—1778),法国作家,他的政论为法国革命开辟了道路。
⑧ 尼·米·卡拉姆津(1766—1826),俄国作家、历史学家。著有俄国史等,是普希金之友。
⑨ 莫里哀(1622—1673),法国喜剧作家。

克尼亚日宁①,以及冯维辛②。
接着是无情的酷评者③,
神气地把双眉紧锁,
带着他十六卷大作
傲然地在这里入坐。
作为凑韵的诗人,
害怕拉加普的鉴别力,
但得承认,我还是常常地
花费时间,读他的评论。

  书架底层的书
都是些学生用的论著,
被厚厚的尘土覆没,
像是埋进了坟墓,
维兹格夫的大作,④
格鲁朋⑤的赞颂歌,
唉!对老鼠来说
倒是些出色的创作。
向这些诗歌与散文祝愿,
祝它们永远安息与长眠!
可我拿它们作为屏障
(你想必也很清楚)
一个精制的羊皮簿
被我秘密地收藏。

---

① 克尼亚日宁(1742—1791),俄国剧作家。
② 杰·伊·冯维辛(1715—1792),俄国戏剧家。
③ 指拉加普(1739—1803),法国古典主义作家兼评论家,著有十六卷的世界文学史。
④ 指斯·伊·维斯科瓦托夫(1786—1831)的悲剧。
⑤ 指尼·米·沙特洛夫(1765—1841),"俄罗斯语言爱好者座谈会"成员之一,写有仿圣歌的赞美诗。

这卷珍贵的手稿笔记
珍藏了几个世纪,
是俄国军队里的
我的一位堂兄弟,
俄罗斯的骠骑兵
无偿地对我的馈赠。
你似乎在怀疑……
其实不难猜测,
这是些鄙视印刷的
拍案叫绝之作。
这些敌视诗山桎梏的人,
荣誉的子孙,我赞颂你们!
噢,公爵①,缪斯的知己,
我欣赏你的逗趣,
爱读你的书信诗,
喜爱其中挖苦的诗句:
你对世界的认识、
你纯净的文体
和热情奔放中的
顽皮戏谑的讽刺。
还有你,豪迈的幽默大师②,
在这稿卷中也占据了位置,
你的阴曹快活的嘘声,
如同在少年时代,
把诗人成群地打在
雾蒙蒙的忘川之中,
使他们怒气冲冲;

---

① 指德·彼·戈尔恰科夫公爵(1758—1824),他的讽刺诗以手抄本流传。
② 指巴丘什科夫。他创作的讽刺诗《忘川两岸的景象》没有发表,手抄稿盛传一时。

还有你,布扬诺夫的歌者①,
创作了奥妙的诗歌,
你绘出了美丽的景色,
你是风趣的楷模;
还有你,可爱的诙谐者②,
你把梅里波敏娜的
宝剑和厚纸靴
竟送给了顽皮的塔莉!
谁的笔能这样描写,
谁的笔能这样组合
这扣人心弦的佳作!
瞧,我看到了波德希巴
同黑姑娘一起流泪,
这儿公爵在长凳下发抖,
那儿,整个议会在打瞌睡;
几位被俘的君王
在动乱中发了慌,
忘记了厮杀、血战,
却弄个陀螺转着玩……
我还要提到一位好汉,
他算是抓住了良机,
冗词赘句只写他自己,
竟把稿本填满了一半!
噢,在帕耳那索斯诗山
你是地位不高的贵族,③

---

① 指诗人的伯父瓦·里·普希金,他著有长诗《危险的邻居》,布扬诺夫是长诗的主人公。
② 指克雷洛夫,他著有滑稽悲剧《波德希巴》,波德希巴、黑姑娘和公爵都是剧中人。
③ 指伊·谢·巴尔科夫(1732—1768),翻译家兼诗人,他讽刺苏马罗科夫和其他人的淫秽滑稽诗文手抄本流传一时。

但在烈马珀伽索斯身上
却是大胆飞驰的骑手!
胡乱涂抹的颂诗,
这些顶间的装饰
一代代地宣扬他:
伟大呀,斯维斯托夫①,伟大!
对你的天赋我很敬仰,
尽管我并非内行,
但为这种诗我却不敢
编织赞美的花冠;
该用斯维斯托夫的诗歌
歌颂斯维斯托夫的创作;
可是,见你的上帝去吧!
若是和你一样,我发誓,
情愿从此不再作诗。

噢,你们,敬爱的诗人!
在这宁静幽深的寒舍,
自今日始恳请你们
占用我消闲的时刻!
我的朋友! 和他们朝夕相处,
有时我独自沉思默想,
有时又随着自己的思绪
一下子飞升到天堂。
每当夕阳西下,
最后的一道光线
在金灿灿的背景上沉下,

---

① 检查机关用这姓名替换了"巴尔科夫";这行诗后所讲的斯维斯托夫指德·伊·赫沃斯托夫,斯维斯斯托夫是他的绰号。

闪闪烁烁的夜晚
把它的明亮的众君
推出来在夜空游动。
小树林微微地打着盹,
到处是轻轻的沙沙声,
我的诗神也手脚轻轻
盘旋在我的头顶;
于是在这静静的夜里,
我把自己的声音
汇入牧人的风笛。
啊!谁能在青春时期
就接过福玻斯的竖琴,
幸福啊,幸福就属于你!
他就会像天堂勇敢的居民
径直地飞向太阳神,
变成一个超凡的人,
那时荣誉便庄重宣称:
"诗人啊,你将永生!"

　　但我何曾因此洋洋自得,
我何曾被永恒所诱惑?……
我愿与人热烈争辩,
可是打赌我却不干。
天晓得,这也难说,
也许天上的阿波罗
把诗才的印记加给我;
或许我也会闪着金光
大无畏地飞到天上,
来到宙斯的天堂。
我不会完全化为灰烬,

说不定福玻斯年轻之子,
或是我的文明的曾孙,
在夜深人静之时,
来到我的墓前,
和我的幽魂聊天,
接受我的鼓励,
拨动竖琴轻轻吟叹。

  难得的朋友,眼前,
借着壁炉的光线
我正坐在窗前,
手持着纸和笔,
我的心情昂扬无比,
不是因诱人的荣誉,
而是因为你的友谊。
这使我幸福得意。
为什么友谊的姐妹,
那青春的爱情,
让我枉自狂喜陶醉?
莫非我金色的青春
枉然赠我以玫瑰?
而命运却为我注定,
尘世上这苦涩的一生
我都要永远流泪?……
歌者的亲爱的友伴,
那无忧无虑的梦幻!
噢,愿你伴随着我
把欲念之手紧握,
捧着迷魂的酒盅,
沿着恍惚的小路,

引我到幸福的梦境;
直待到夜深人静,
那催眠的罂粟
让我闭上倦怠的眼睛,
你展开风一样轻的翅膀
飞到我的小屋旁,
悄悄地扣敲我的房门,
在美妙的静谧中
拥抱你所钟爱的人!
梦啊,施展你迷人的幻术,
把我倾心的人推出:
我的光明,我的天赋,
我所心爱的形影,
如同晴空闪光的眼睛,
把热爱向我心中倾注,
袅袅婷婷的身段,
初雪一般的玉颜;
看,她已歇在我的膝上,
烦恼使她阵阵冲动,
她把她热情的酥胸
俯在了我的胸膛;
双唇紧贴着我的双唇,
美丽的颊上泛起红霞,
眼睛里含着泪花!……
你如同无形的箭,
为何一现,又去得很远?
你转瞬即逝,把人哄骗,
逝去,就不再回转!
飞逝的幻梦,你在哪里?
不理睬我的呻吟与悲泣,

诱惑者已经销声匿迹,
心中只留下痛苦与孤寂。

　　然而,亲爱的友人,
谁能长年陶醉于幸福?
我慵懒无力的灵魂
悒郁中也有愉快的享受:
我喜欢在夏日里
怀着悲痛独自散步,
走在静静的河堤,
迎接降临的夜幕,
含着甜蜜的泪水,
遥望昏暗的天际;
每逢晴空万里,
喜欢带上我的马洛①
坐在湖边歇息,
看那雪白的天鹅
丢下岸边的谷禾,
充满热爱与温情,
随着它的良伴,
傲然地扬起长颈
漫游金色的波澜。
或有时为了消遣,
丢下书本,利用点空闲,
到一位和善的老奶奶家,
喝上一杯香甜的茶;
我无须去吻她的手指,
也不必把靴跟碰击,

---

① 即罗马诗人维吉尔。

她也不行屈膝礼,
但她立即会向我叙述
无数的新的消息。
她从四面八方搜集
各种各类的新闻,
她事事知晓,处处过问:
谁在谈恋爱,谁家死了人,
谁家的女人赶时髦
给丈夫戴上了绿头巾,
谁家的菜园里
白菜长得喜人,
弗马把自己的妻子
无故一顿教训。
安托什卡的琴弹了一半,
就把三弦琴打断……
老奶奶什么都谈;
她一边编织衣裙
一边讲她关心的事;
我坐得斯斯文文,
不觉陷入了沉思,
她的新闻没听进去。
记得是在首都,
听斯维斯托夫朗读
他那愉快的诗歌,
当时他全神贯注
朗诵他的创作。
唉!想来,那时上帝
是在考验我的忍耐力!

有时我的好邻人,

一位七十多岁的老人，
原来的一位少校，
如今已经退休，
向我表示友好，
请我到家吃杯酒，
晚宴上随便唠唠。
老人受伤的胸膛上
戴着奥恰科夫奖章①。
席上他兴高采烈，
端着祖传的酒杯，
回忆往事滔滔不绝。
他想起当年的战场，
他的连队走在最前方，
他迎着荣誉猛冲，
却被炮弹打伤。
他躺在血染的山谷中，
精钢的军刀丢在一旁。
我总是满心喜欢
和他一起消磨时间……
呀！上帝，真对不起！
我不得不向你抱歉，
我怕，怕你的神职人士，
怕你城市的那些牧师。
我怕和他们交谈，
因此不参加婚礼，
不在婚宴上聊天。
其次，我如同教皇

---

① 奥恰科夫是土耳其要塞，一七八八年苏沃洛夫攻克这座城市，为纪念胜利，颁发了奥恰科夫奖章。

对待犹太教那样,
讨厌农村的教士,
对他们完全不喜欢。
还有吹毛求疵的
那些教会书吏
专靠受贿发迹,
都是告密者的靠山。

  然而,我的朋友,
若是近期能与你相会,
就让我们抛开哀愁,
共同饮上几杯;
我向上帝发誓
(诺言一定履行),
情愿同农村教士
为了上帝一起诵经。

给巴丘什科夫*

想当年我出生在
赫利孔山的山洞里；
以阿波罗的名义
由提布卢斯①为我洗礼，
灵泉希波克林
自幼供我畅饮，
在春天的玫瑰丛荫
我成长为诗人。

活泼快乐的牧神
对孩子十分欢喜，
在嬉笑的金色良辰，
赠送我一支芦笛。
我自小勤学苦修，
日夜不断地吹奏，
尽管我韵调不美，
缪斯们也不觉乏味。

你呀，欢乐的歌者，
缪斯们的知己，

---

* 一八一四年普希金发表了一首《致巴丘什科夫》的书信诗。一八一五年二月著名诗人康·尼·巴丘什科夫来到彼得堡的皇村学校，结识了普希金。他建议普希金模仿维吉尔(马洛)，丢开阿那克里翁(希腊抒情诗人)。普希金又写此诗作为答复。

① 纪元前一世纪的罗马诗人，写有许多哀歌，歌唱爱情与田园生活。

你希望并鼓励我
在荣誉的路上腾飞,
向阿那克里翁告别,
紧随在马洛后面,
拨动我的琴弦
去歌唱战场的血宴。

福玻斯赐我不多:
爱好,却力不从心;
我在异乡的天空下高歌,
远离了家祖的护神,
我怕高飞并非偶然,
怎能追随伊卡洛斯①的果敢;
我要走自己的路:
正所谓"人各有志"②。

---

① 据希腊神话,伊卡洛斯和他的父亲被关在克里特岛的迷宫里。二人身上装着羽毛和蜡制的双翼逃出克里特岛。由于忘记父亲的嘱咐,飞近太阳,蜡翼融化,堕海而死。
② 这是茹科夫斯基致巴丘什科夫函中的话。

玫 瑰

我们的玫瑰①在哪里,
我的朋友们?
这朝霞的孩子,
这玫瑰已经凋零。
不要说:
青春如此蹉跎!
不要说:
如此人生欢乐!
快告诉我的玫瑰,
我为她多么惋惜,
也请顺便告诉我,
哪里盛开着百合。

---

① 按古诗传统,玫瑰象征爱情,百合花象征坚贞。

我的墓志铭

这儿埋葬着普希金;他和年轻的缪斯,
和爱神结伴,慵懒地度过欢快的一生,
他没做过什么善事,然而凭良心起誓,
谢天谢地,他却是一个好人。

致马·安·杰尔维格男爵小姐[*]

您才八岁,而我已经十七,
我也曾度过八岁的良辰;
但岁月已逝。不知为何上帝
赐我厄运,竟让我成为诗人。
时光不复返,一切皆成往事,
我人已老,但从不信口雌黄:
相信我,我们得救只靠信仰。
请听我说,您像阿摩尔一样完美,
生着同小爱神一样稚气的面庞,
长到我这年龄,您将成为维纳斯。
  倘若至高无上的宙斯
  还让我侥幸地留在人世,
  我说话也还娓娓动听,
  男爵小姐,我必向您奉送
  具有拉丁风格的赞美诗。
  其中虽有少许真诚赞颂,
  也不加任何精雕的文饰,
  但却充满真挚的友情。
  我要说:"为了您的眼睛,
  噢,男爵小姐,在舞会期间,
  当人人向您目送艳羡,
  为答酬我往日献诗之情,

---

[*] 马利亚·安东诺夫娜·杰尔维格,普希金的朋友,诗人杰尔维格之妹。

您能否回眸望我一眼?"
待到有一天阿摩尔和许门①
祝贺我优美标致的马利亚
成为年轻美貌的夫人,
不知我面临苍老的年华,
能否用诗来贺您的新婚?

---

① 希腊神话中的婚姻之神。

阿那克里翁之墓

周围是神秘的寂静；
山冈上暮霭朦胧；
穿过透明的云层，
一弯新月浮游在苍穹。
我看见,坟墓上一只竖琴
在深情的静谧中入梦；
僵死的琴弦偶尔颤动，
发出一阵悲怆之音，
就像亲切的慵懒之声。
我看见,一只鸼鸽停在琴上，
玫瑰丛中摆着酒杯和花环……
情欲的哲人在此安葬，
朋友们,他已经长眠。
请看:这一块斑岩，
刻刀复活了他的形象！
在这里他对着镜子感叹：
"我老了,我已白发苍苍，
请允许我尽情地寻欢，
唉,生命不是永恒的奖赏！"
于是他双手抚琴，
紧蹙双眉,面容庄重，
原想歌颂战争之神，
却只唱出了人间的爱情。
此刻他想向大自然

还清最后一笔欠债：
老人跳起轮舞，旋回蹁跹，
多想喝酒，口渴难挨。
围着满头白发的情人，
少女们在舞蹈、在歌咏，
他从短暂难得的光阴
盗取了少许的几分钟。
之后，卡里忒斯①和缪斯
把宠爱者送回坟墓里，
常春藤和玫瑰交织的游戏
也随他在坟墓中消失……
他去了，像享乐的快感，
像爱情的快慰的梦。
世人啊，生命本是虚幻：
快抓住幸福的良辰；
要常常把酒杯斟满，
尽情享乐，莫错过时机；
要奔放情欲，游戏人间，
捧着美酒去安息！

---

① 即美惠三女神。

致一位画家*

美惠三女神和灵感之子，
趁你满怀火一样的激情，
请用你巧夺天工的画笔
为我绘制我的心上人；

天女纯真无疵的美貌，
甜蜜的有所希冀的神情，
无比美妙的惬意的微笑，
加上美丽超凡的眼睛。

让维纳斯的丝带缠绕
她那如同赫柏①的柳腰，
用阿利班②的妙笔细雕
我那公主的含蓄的娇娆。

透明的薄纱的轻波细浪
披在她的起伏的胸上，
好让她轻轻地呼吸，

---

* 这首诗是仿阿那克里翁和学他的罗蒙诺索夫写给美术大师伊利切夫斯基的一首诗，请他为巴库宁娜画像。普希金皇村学校的同学科尔萨科夫为这首诗谱了曲，并在皇村学校流传。这支歌赠给了巴库宁娜。

① 希腊神话中的青春女神，即罗马神话中的朱文塔斯，在奥林匹斯山侍候诸神，为他们斟酒。

② 即弗兰切斯科·阿利巴尼（1578—1660），十九世纪初流行于俄国的意大利学院派画家。

还可以暗暗地叹息。

请画出渴望爱情的娇羞。
我将为我所倾慕的少女
以幸福的恋人的手
在下面签上我的名字。

——以上韩志洁译

秋天的早晨[*]

喧声四起；田野的芦笛声
破坏了我的蜗居的平静。
那最后的一场梦景连同
爱人儿的倩影都已消失。
夜幕已经从天际滑落，
早霞升起，苍白的一天开始——
我的周遭空寂荒凉……
她离去了……我来到河岸旁，
清朗的傍晚她常来这里。
如今哪儿也找不见美人儿，
哪儿也没有她的踪迹。
我在密林深处郁郁地徘徊，
叨念着那永难忘记的名字。
我呼唤她——这孤零零的呼声
只有远方空谷传来回音。
我满怀幻想地来到溪旁，
溪水依旧汩汩地流淌，
水中却不见绝世佳丽的形象。
她离去了……在甜蜜的春天到来之前，
我将不再与快乐和激情相伴。
秋天用她那冰凉的手
摘掉白桦和菩提的树冠，

---

[*] 这首诗是由于巴库宁娜离开皇村而写。巴库宁娜一八一六年曾在皇村度假。

它在阒寂无人的林中喧叫,
那里,枯叶日夜地飞飘,
枯黄的田野上一片白雾,
偶然还能听到秋风的呼啸。
田野,山冈,熟稔的橡树林!
你神圣的安宁的守护者们!
过往时日的欢乐的见证人!
再见啦……直到甜蜜的春天来临!

哀　歌*

多幸福呵,敢于大胆承认,
自己正处于热恋之中;
未来如何,命运未卜,
隐隐的希望却把他爱抚;
但是,在我的凄苦生涯中,
却没有领略过偷欢的情趣;
早开的希望的花朵凋谢了:
生命之花被折磨得憔悴!
青春忧伤地从眼前飞逝,
生活的玫瑰也将一起枯萎。
但是被爱情遗忘的我
却永不忘记为爱情而流泪。

---

* 这首诗写于当年一月一日他度过圣诞节假期返回学校的时候。诗人在学校度过五年之后,方获准探视亲人。

歌　者

　　你可曾听见林中歌声响在夜阑，
　　一个歌者在诉说着爱情与伤感？
　　清晨的时光，田野静悄悄，
　　芦笛的声音纯朴而又幽怨，
　　　　　你可曾听见？

　　你可曾见过他，在那幽暗的林间，
　　一个歌者在诉说着爱情与伤感？
　　你可曾看到他的泪水、他的微笑，
　　他愁绪满怀，他目光暗淡，
　　　　　你可曾发现？

　　你可曾感叹，当你听到歌声低缓，
　　一个歌者在诉说着爱情与伤感？
　　当你在林中遇到了那个青年，
　　他的眼中已熄灭了青春的火焰，
　　　　　你可曾感叹？

* * *

　　　一种爱情是冷淡的生活的快乐，
一种爱情是对心灵的折磨：
它只给人以短暂的快慰，
而痛苦则永远不能摆脱。
谁能抓住美妙青春的这一瞬；
谁能使有些羞怯的美人儿
倾心于欢乐和未知的爱抚，
谁就会一百倍地有福！

　　　谁不曾为爱情而自我牺牲？
你们，放纵感情的歌手！
你们在恋人面前百依百顺，
你们歌唱激情，用得意的手
把你们的花环献给美人。
盲目的阿摩尔残酷又偏颇，

赠给你们桃金娘加荆棘；
他和彼尔梅斯女王们①串通一气，
让一部分人看到欢乐；
另一部分人永世悲哀缠身，
赠给他们不幸的爱情之火。

提布卢斯和巴尔尼的继承者们！
你们懂得珍贵的生活的甜蜜；
你们的岁月闪光有如晨曦。
爱情的歌手啊，请歌唱青春的乐趣，
让唇儿贴上火热的唇儿，
愿你们在恋人的怀抱中死去；
轻声地吟唱着爱情的诗句！……
这种情趣我已经不敢希冀。

爱情的歌手们！你们体验过忧郁，
你们的岁月在荆棘丛中流逝；
你们激动地召唤自己的归宿，
终局来临，而在人生的长途，
却没有享受过瞬间的乐趣；
你们虽然没有找到幸福的时日，
可是你们至少见过荣誉，
你们会因为痛苦而流芳百世！

命运给我的安排却并非如此：
在乌云笼罩下，在僻野的山谷里，
在又凄凉又昏暗的森林中，
我独自徘徊，委靡而抑郁。

---

① 即缪斯们，因从赫利孔山上流下的彼尔梅斯河而得名。

傍晚，我站在惨白的湖滨，
我流着眼泪痛苦地呻吟；
应和我的只有低沉的涛声，
橡树林飒飒作响的音韵。
纵然我从冷酷的梦中醒来，
心中燃烧起诗的烈火，
火能产生，也会慢慢熄灭：
灵感会消失，毫无收获。
让别人去为她写颂歌吧，
我只是爱着——而他又爱又被爱！……
我爱着，我爱着！……但是呵，
那受折磨者的声音她已经听不到，
他那朴素的诗篇也不会使她微笑。
我的歌还有什么意义？
我把竖琴抛在田间枫树下，
永远留给了旷野的和风，
我那微小的天赋也轻烟似的消失。

心　愿

我流泪;泪水使我得到安慰;
我沉默;我却不抱怨,
我的心中充满忧烦,
忧烦中却有痛苦的甜味。
生活之梦啊! 飞逝吧,我不惋惜,
在黑暗中消失吧,空虚的幻影;
爱情对我的折磨我很珍重,
纵然死,也让我爱着死去!

祝 酒 辞

琥珀的酒杯
早已斟满,
醉人的泡沫
白光闪闪。
对我来说,
酒比什么都宝贵,
可是如今,
我该为谁干杯?

可是为了荣誉
才喝上一口?
不,我们不是那种
爱好战争游戏的朋友!
这样一种嬉戏
不会其乐无穷,
友谊的酩酊大醉
不喜欢战争的轰隆。

天庭的子民,
福玻斯的信徒,
歌者们,畅饮吧,
为福玻斯祝福!
顽皮的嘉米娜①

---

① 罗马神话中主管诗歌、艺术和科学的女神,即希腊神话中的缪斯。

她的抚爱令人生畏，
希波克林流出的
只不过是清水。

为青春爱的欢乐
你们要喝个够——
我的孩子们哪，
青春青春留不住……
琥珀的酒杯
早已斟满。
我要为美酒一醉，
心中感慨万千。

梦　醒

美梦,美梦,
你甜在哪里?
夜里的欢情,
在哪里,哪里?
快乐的梦
已不存在,
在漆黑中
一觉醒来
孤身一人。
卧榻的四面
是哑然的夜。
爱的梦幻
转眼便凝止,
转眼便飞去,
一股脑儿消逝。
可是,心儿
还充满希冀,
要去捕捉
梦的回忆。
爱情,爱情,
我祈求你:
把你的梦境
再给我一次,
让我再次陶醉,

直至晨光熹微，
请赐我一死，
趁我还在熟睡。

——以上丘琴译

在 彼 得 堡

1817—1820

哀 歌*

啊,年轻的朋友们,我又和你们聚在一起!
别后那些悲伤的日子已经消逝:
你们的手重又伸向自己的兄弟,
我又看见了你们这活泼的团体,
同样是你们,但时间已不同过去:
那心灵感到最珍贵的,已不是你们,
我也不是当年……沿着那无形的路程
无忧无虑的欢乐时期已经过去,
永远过去了——昙花一现的生命的
晨曦,在我的头上变得一片苍白。
为不公正的命运所抛弃的东西,
无论是欢乐和平静,还是缪斯的抚爱,——
我已全都忘记;一只沉默而忧郁的
巨手,高悬在年轻头颅的上空……
我在自己面前看见的只有忧郁!
我感到白昼光亮的可怕,人世的苦闷,
我走进那没有生命的森林,那里是
死一般的黑暗,——我对欢乐感到可憎,
它那短暂的痕迹已凝结在我心中。
为了丢开心情郁闷的苦痛,
你们枉自给我带来了竖琴:

---

* 写于一八一七年一月一日圣诞节假归来之后。这个圣诞节假是普希金五年学校生活之后首次享有的。

都已经熄灭了,那往日的梦想,
歌声也在无情的弦索中死亡。
你们,昨天的玫瑰的叶子已经凋落!
竟没有开到看见明天的曙光。
我的欢乐的日子呀,你们都一掠而过!
你们都飞逝了,——我不禁怆然而下泪,
我在这白昼幽暗的早晨倏然枯萎。

  啊,友谊!请快快把我忘记;
我默默地服从着自己的遭遇,
丢开我,让我忍受心灵的痛苦,
丢开我,让我承受荒漠和眼泪。

给杰尔维格*

  由于友谊、懒散和爱情
  你回避开了灾难和操心,
  且在这安全的荫庇下生活吧;
你在孤独中是幸福的:你是诗人。
是神的婴人就不怕风暴的肆虐:
崇高而圣洁的神意萦绕在他的头顶;
年轻的嘉米娜哄拍他入睡,
并以手指按口保持他的安静。
啊,亲爱的朋友,诗歌的女神
  也曾将灵感的火花
  注入我幼稚的心胸,
  并为我指出秘密的途径:
  我从小就善于领悟
  那竖琴的快乐的声音,
  于是我便与竖琴相依为命。
  可是你在哪儿?狂欢的瞬息,
  内心无法表达的灼热,
令人心情昂奋的劳动,灵感的泪水!
  我的浅薄的才能已轻烟般散去。
我很早就招来充血的妒眼,
很早就招来恶毒诽谤的无形利剑!

---

* 这首诗是由于过时的文学流派的信徒卡切诺夫斯基教授(1775—1842)拒绝在他主编的《欧罗巴通报》上发表普希金的三首诗而写的。

不,不,无论是幸福,或是荣誉,
　　无论是对赞扬的高傲的贪欲,
都不再吸引我了!在幸福的懒散中
我将忘记那折磨我的亲爱的诗神;
但是,我倾听着你的琴弦的声音,
　　也许会哑然而喜悦地长叹一声。

再　见*

幽禁的岁月都流逝了；
和睦的朋友们，我们能看到
这孤寂的所在和皇村的
郊野的时日，已经没有多少。
别离在门口等待着我们，
人世遥远的喧嚣在向我们招呼，
每个人都怀着高傲而年轻的
梦想的激情望着前面的道路。
有的人，头上戴着高筒帽，
身上穿着英武的军服，
已经挥舞着骠骑军刀——
在主显节凛冽的早晨，
去参加检阅，脸冻得通红，
为了取暖，又去骑马巡哨；
还有的生来就该身居显要，
他不是爱正直，而是爱光荣，
在显赫的骗子的过厅
甘当一名恭顺的骗子；
只有我，慵懒的忠实儿子，
一切全听命运的指挥，
心里一无牵挂，淡泊无为，
我独自悄悄地打起瞌睡……

---

* 这首诗为普希金在皇村学校毕业前所作。

对于我，文书、骑兵全都一样，
法律、军帽也不计较，
我不拼命要当什么大尉，
八级文官，我也不想去捞；
朋友们！请宽恕一二吧——
留给我一顶红色的尖帽①，
只要不是因为我的罪孽
必须用球顶盔把它换掉，
只要一个懒惰的人能够
不担心那些可怕的祸害，
就还可以用大意的手
在七月里把坎肩敞开②。

---

① 在古代，红色尖帽为解放的奴隶所戴。法国大革命时，雅各宾党人以"红色的尖帽"为自由的象征。卡拉姆津的敌人在秘密报告中荒谬地控告他实行雅各宾党人的原则。因此，按照视卡拉姆津为其思想领袖的"俄罗斯语言爱好者座谈会"戏谑的仪式，在他们团体的会议上，执行主席须戴雅各宾党人的"红色的尖帽"。这种帽子也要戴在新入会的成员的头上。此时普希金正打算参加该会。
② 当时的俄国军规严禁军人在任何情况下敞开军服。

别　离

  是最后一次了,离群索居,
  我们的家神在听我的诗句。
    学生生活的亲密弟兄①,
  我同你分享这最后的瞬息。
    聚首的岁月倏忽而过;
  就要分散了,我们忠实的团体。
    再见吧!上天保佑你,
  亲爱的朋友啊,你千万
    不要同自由和福玻斯分离!
  你将探知我所不知的爱情,
    那充满希望、欢乐、陶醉的亲昵:
    你的日子像梦一般飞逝,
    在幸福的恬静中过去!
  再见吧!无论我到哪里:处在战火纷飞中,
  或重访故乡小溪的和平宁静的堤岸,
    这神圣的友谊我将永怀心间。
  但愿(不知道命运能否听到我的祷告声?),
  但愿你所有、所有的朋友都幸福无边!

---

① 指普希金的同学,诗人维·加·丘赫尔别凯。这首诗普希金写于学校毕业之前,第一版上直接题为《给丘赫尔别凯》。丘赫尔别凯后来变成了十二月党人,所以以后各版中,他的名字作为"国家罪犯"而被删掉,而且普希金在一八二五年春天修改这首诗的时候,把"不要同福耳图那、友谊和福玻斯分离"一行改成了"不要同自由和福玻斯分离"。而倒数第三行"这神圣的……",还曾被反动派用作攻击普希金的借口,说由此可见他有秘密结社嫌疑云云。

* * *

再见吧,忠实的槲树林[①]!
再见吧,你田野无忧的平静
和匆匆流逝的岁月的
那种轻捷如飞的欢欣!
再见吧,三山村,在这里
欢乐多少次和我相遇!
难道我领略到你们的美妙,
只是为了永远和你们分离?
我从你们身边把回忆带走,
却将一颗心留在了这里。
也许(幸福甜蜜的梦想啊!)
我,和蔼可亲的自由、欢乐
和优雅、智慧的崇拜者,
我还要回到你这田野中,
还要在槲树荫下走动,
还要爬上你三山村的高坡。

---

① 这首诗原写在普·亚·奥西波娃的纪念册上。奥西波娃是与普希金所住的米哈伊洛夫斯克村比邻的三山村的女主人。

* * *

既未到过域外,偏爱把异邦夸说,
对自己的祖国却总是责备,
我常常问道:在我的祖国,
哪里有什么天才和真正的智慧?
哪里有既有高贵的心灵
而又热爱自由的公民?
哪里有那美丽而又不冷酷,
炽热、迷人而又活泼的女人?
我在哪儿能听到旷达的谈吐,
既是才气横溢,又愉快、文明?
我跟谁才能既不厌烦、又不冷清?
我的祖国,我几乎要对你憎恨,——
可是昨天我看见了戈里琴娜①,
从此对祖国再也没有憎恨之情。

---

① 叶·伊·戈里琴娜(1780—1850),普希金的女友。她的沙龙具有爱国主义和自由思想的倾向,当时一些进步人士趋之若鹜。

致 她*

在悠闲的愁苦中,我忘记了竖琴,
梦想中想象力也燃不起火星,
我的才华带着青春的馈赠飞去,
心也慢慢地变冷,然后紧闭。
啊,我的春天的日子,我又在召唤你,
你,在寂静的荫庇下飞逝而去的
友谊、爱情、希望和忧愁的日子,
当我,平静的诗歌的崇拜者,
用幸福的竖琴轻轻歌颂
别离的忧郁、爱情的激动——
　　那密林的轰鸣在向高山
　　　传播我的沉思的歌声……
无用!我负担着可耻的怠惰的重载,
不由得陷入冷漠的昏睡里,
我逃避着欢乐,逃避亲切的缪斯,
泪眼涔涔地抛别了荣誉!
　　但青春之火,像一股闪电,
　　蓦地把我萎靡的心点燃,
　　我的心苏醒,复活,
重又充满爱情的希望、悲伤和欢乐。
一切又神采奕奕!我的生命在颤抖;
　　作为大自然重又充满激情的证人,

---

* 这首诗是为叶卡捷琳娜·帕夫洛夫娜·巴库宁娜而写的。

我感觉更加生动,呼吸更加自由,
　　美德更加恋迷着我的心……
　　要赞美爱情,赞美诸神!
又响起甜蜜竖琴的青春的歌声,
我要把复活的响亮而颤抖的心弦
　　呈献在你的足边!……

自　由　颂*

去吧,快躲开我的眼睛,
你西色拉岛娇弱的皇后!①
你在哪里呀,劈向沙皇的雷霆,
你高傲的自由的歌手?
来吧,揪下我头上的桂冠,
把这娇柔无力的竖琴砸烂……
我要向世人歌颂自由,
我要抨击宝座的罪愆。

请给我指出那个高尚的
高卢人②的尊贵的足迹,
是你在光荣的灾难中
怂恿他唱出勇敢的赞美诗句。
颤抖吧,世间的暴君!
轻佻的命运的养子们!
而你们,倒下的奴隶!
听啊,振奋起来,去抗争!

---

* 这首颂诗的直接范例是俄国作家拉吉舍夫(1749—1802)的同名颂诗。该诗被他部分地收入《从彼得堡到莫斯科旅行记》一书,并成了他被判死刑(后改为流放西伯利亚)的主要原因。普希金的《自由颂》开始以手抄本形式广为流传,也成了普希金被流放的一个原因。最初由赫尔岑发表于在伦敦出版的《1856年的北极星》;在俄国,一九〇六年始得发表。

① 指维纳斯。传说住在西色拉岛。
② 一说指法国革命诗人雷勃伦(1729—1807),一说指安德烈·谢尼耶(1762—1794),法国革命中牺牲的诗人。也有指法国国歌《马赛曲》的作者鲁日·德·李尔的。

唉！无论我向哪里去看，
到处是皮鞭，到处是锁链，
法律蒙受致命的羞辱，
奴隶软弱的泪水涟涟；
到处是非正义的权力，
在偏见的浓重的黑暗中
登上高位——这奴役的可怕天才，
和光荣的致命的热情。

要想看到沙皇的头上
没有人民苦难的阴影，
只有当强大的法律与
神圣的自由牢结在一起，
只有当它的坚盾伸向一切人，
只有当它的利剑，被公民们
忠实可靠的手所掌握，
一视同仁地掠过平等的头顶，

只有当正义的手一挥，
把罪恶从高位打倒在地；
而那只手，不因薄于贪婪
或者恐惧，而有所姑息。
统治者们！不是自然，是法律
把王冠和王位给了你们，
你们虽然高居于人民之上，
但永恒的法律却高过你们。

灾难啊，各民族的灾难，
若是法律瞌睡时稍不警惕，

若是只有人民,或帝王
才有支配法律的权力!
啊,光荣的过错的殉难者①,
如今我请你出来作证,
在不久前的喧闹的风暴里,
你帝王的头为祖先而牺牲。

作为一个无言的后代②,
路易高高升起走向死亡,
他把失去了皇冠的头垂在
背信的血腥的断头台上。
法律沉默了——人民沉默了,
罪恶的刑斧自天而降……
于是,这个恶徒的紫袍③
覆在戴枷锁的高卢人身上。

你这独断专行的恶魔!
我憎恨你和你的宝座,
我带着残忍的喜悦看见
你的死亡和你儿女的覆没。
人们将会在你的额角
读到人民咒骂的印记,
你是人间的灾祸、自然的羞愧,
你是世上对神的责备。

---

① 指法王路易十六。普希金认为他的受刑,是他的"祖先"——波旁王朝诸帝王所犯过错的结果。
② 以下六行指革命者不合法地处死了一个被废黜的国王。"法律沉默了",因而导致拿破仑的统治。
③ 指拿破仑的王袍。

当午夜晴空里的星星
在阴暗的涅瓦河上闪烁,
当宁静的梦,沉重地压在
那无忧无虑的前额,
沉思的诗人却在凝视着
那暴君的荒凉的丰碑
和久已废弃了的宫阙①
在雾霭中狰狞地沉睡——

他还在这可怕的宫墙后
听见克利俄②骇人的宣判,
卡里古拉③的临终时刻
生动地出现在他的眼前,
他还看见,走来一些诡秘的杀人犯,
他们身佩着绶带和勋章,
被酒和愤恨灌得醉醺醺,
满脸骄横,心里却一片恐慌。

不忠实的岗哨默不作声,
吊桥被悄悄地放了下来,
在黝黑的夜里,两扇大门
已被收买的叛逆的手打开……
啊,可耻!我们时代的惨祸!
闯进了一群野兽,土耳其的雄兵④!……
不光荣的袭击已经败落……

---

① 指米哈伊洛夫斯基宫,暴君保罗一世在这里被杀害。
② 古希腊神话中司历史和史诗的女神。
③ 公元一世纪的罗马皇帝,以残暴著称,为近臣所杀。
④ 东方君主多以土耳其军队作为自己的近卫军,这种军队在宫廷政变中常常起不小作用。

戴王冠的恶徒死于非命。①

啊帝王,如今你们要记取教训;
无论是奖赏,还是严惩,
无论是监狱,还是祭坛,
都不是你们牢固的栅栏。
在法律可靠的荫庇下,
你们首先要把自己的头低下,
只有人民的自由和安宁,
才是宝座的永恒的卫兵。

——以上魏荒弩译

---

① 指保罗一世的被杀。

给戈里琴娜大公夫人寄
《自由颂》时附诗一首*

我为纯朴的大自然所抚养，
因此我常常要放声歌唱，
歌唱自由的美好幻想，
在幻想中呼吸它的沉香。
可是当我望着你，听你讲话，
结果呢？……我这软弱的人呀！……
结果我情愿永远放弃自由，
一心只求个奴隶的生涯。

---

* 一八一七年十二月，卡拉姆津写信给诗人维亚泽姆斯基说，普希金"死死地爱上了皮蒂娅戈里琴娜，如今他经常在她那里度过傍晚"（皮蒂娅：古希腊特尔斐地方阿波罗神殿的女祭司）。

致娜·雅·波柳斯科娃*

我这只平凡而高贵的竖琴,
从不为人间的上帝捧场,
一种对自由的自豪感使我
从不曾为权势烧过香。
我只学着颂扬自由,
为自由奉献我的诗篇,
我生来不为用羞怯的缪斯
去取媚沙皇的心欢。
但,我承认,在赫利孔山麓,
在卡斯达里①泉水叮咚的地方,
我为阿波罗所激励,所鼓舞,
暗地里把伊丽莎白颂扬。
我,天堂里的人世的目击者,
我怀着赤热的心一颗,
歌唱宝座上的美德,
以及她那迷人的姿色。

---

* 娜达里雅·雅科夫列夫娜·波柳斯科娃(约1780—1845),伊丽莎白·阿列克谢耶夫娜的宫廷女官。亚历山大一世不喜欢皇后伊丽莎白·阿列克谢耶夫娜,而皇后对沙皇执行的反动政策也心怀不满。皇后对文学活动颇感兴趣,她从事慈善事业,在俄国自由主义的社会团体当中享有盛名与同情。普希金这首诗,通过女官表示了对当时处于失宠地位的皇后的赞扬。当时以费·尼·格林卡为核心的秘密团体准备举行宫廷政变,以皇后取代亚历山大一世。格林卡正是在他办的《教育的竞赛者》杂志上刊出了这首诗,题名是:《对号召伊丽莎白·阿列克谢耶夫娜皇后陛下写诗的回答》。

① 希腊帕耳那索斯山上的一口泉。神话中它是阿波罗与缪斯的圣泉,能给诗人与音乐家以灵感。

是爱情,是隐秘的自由
使朴实的颂歌在心中产生,
而我这金不换的声音
正是俄罗斯人民的回声。

童　话[*]
NOEL[①]

　　　　　乌拉！东游西逛的暴君[②]
　　　　　骑马奔向俄国。
　　　　　救世主伤心地哭泣，
　　　　　黎民百姓泪雨滂沱。
　　马利亚手忙脚乱,连忙吓唬救世主：
　　　　"别哭,孩子,别哭,我的主：
　　　　　瞧,俄国沙皇,大妖怪,大妖怪！"
　　　　　沙皇走进屋,向大家宣布：

　　　　　"俄国的臣民,你们听着,
　　　　　此事天下无人不晓：
　　　　　普鲁士军装、奥地利军装,
　　　　　我给自己各制了一套。
　　啊,黎民百姓,欢乐吧！我个子大,身体好,吃得饱；
　　　　　办报的人也不断地把我夸说,[③]
　　　　　我又能吃,又能喝,又能允诺——

---

[*] 这首诗是普希金针对沙皇亚历山大一世在华沙召开的波兰会议上的致词写的。亚历山大一世允诺在俄国制定一部宪法,普希金把此种允诺讥为"童话"。一八五八年以前以手抄本形式广为流传。
[①] 法国人根据圣诞节教堂里唱的曲调编写的讽刺歌谣。
[②] 拿破仑被推翻以后,一八一五年九月二十六日,奥地利、普鲁士和俄国三国在巴黎签订所谓"神圣同盟"。沙皇亚历山大一世当时不务国政,醉心于国际会议,经常出国,故称。
[③] 当时西欧报界大事宣扬亚历山大一世。

从来不为工作苦恼。

　　你们听着,我再补充一句,
　　我将来打算怎么干:
　　我让拉甫罗夫①退休,
　　让索茨②进精神病院;
我要代替戈尔戈里③给你们制订一条法律,
　　　我怀着一腔的好意,
　　　按照我沙皇的仁慈,
　　　　赐给百姓以百姓的权利。"

　　　孩子在小床上高兴地
　　　跳了又跳:
　　　"难道这是真事?
　　　难道这不是玩笑?"

母亲对他说:"合上你的小眼睛,睡吧,宝宝;
　　　你已经听完了你的父皇
　　　给你讲的这一篇童话,
　　　　到时候了,你正该睡觉。"

---

① 伊·帕·拉甫罗夫,警察总署执行处长。
② В.И.索茨,报刊检查特别委员会秘书。
③ И.С.戈尔戈里,彼得堡警察总监。

致恰阿达耶夫*

爱情、希望、默默的荣誉——
哄骗给我们的喜悦短暂,
少年时代的戏耍已经消逝,
如同晨雾,如同梦幻;
可是一种愿望还在胸中激荡,
我们的心焦灼不安,
我们经受着宿命势力的重压,
时刻听候着祖国的召唤。
我们忍受着期待的煎熬,
切盼那神圣的自由时刻来到,
正像风华正茂的恋人
等待忠实的幽会时分。
趁胸中燃烧着自由之火,
趁心灵向往着荣誉之歌,
我的朋友,让我们用满腔
壮丽的激情报效祖国!
同志啊,请相信:空中会升起
一颗迷人的幸福之星,
俄罗斯会从睡梦中惊醒,
并将在专制制度的废墟上
铭刻下我们的姓名!

——以上乌兰汗译

* 彼·雅·恰阿达耶夫(1794—1856),御前近卫军军官,有渊博的知识和进步的观点。著有《哲学书简》。普希金流放前,恰阿达耶夫是他的好友与兄长。

N. N.

（给瓦·瓦·恩格里加尔特①）

我从埃斯科拉庇俄斯②那里逃之夭夭，
虽说清癯，修修面——倒也抖擞精神；
如今，他那令人难以忍受的魔爪
不再整日价使我感到忧心如焚。
康健，普里阿普斯③的无忧无虑的朋友，
还有那甜蜜的清宁，还有那梦魂，
都像从前一样，又来把我光顾，
把我这狭小而又简陋的寒舍访问。
还有你，也来宽慰这大病初愈的人儿！
他渴望见到你，和你促膝谈心，
和你这幸福的目无律法的家伙，
品都斯山上的慵懒闲适的公民，
自由和巴克斯的忠诚的儿男，
虔诚地崇拜维纳斯的君子，
沉迷于安逸享乐的人君！
抛开那京都的喧闹、世俗的生活，
抛开那涅瓦河的冷峭的美色绝伦，
抛开那长舌妇的危害人的流言蜚语，
抛开那无尽无休形形色色的苦闷，——

---

① 瓦西里·瓦西里耶维奇·恩格里加尔特（1785—1837），普希金的友人，文学友谊团体"绿灯社"，即前幸福同盟秘密部的成员。普希金本人也曾积极参加"绿灯社"的活动。恩格里加尔特以俏皮话和流传于彼得堡的滑稽可笑的打油诗而闻名。
② 罗马神话中的医神，即希腊神话中的阿斯克勒庇俄斯。
③ 希腊罗马神话中的男性生殖力之神和阳具之神。

那连绵起伏的山峦、那牧场、
那园子里绿叶成荫的槭树林、
那荒无人烟的小溪的两岸、
那乡间的自由,都频频把我招引。
把手伸给我吧!我即将到来——
在那阴霾密布的九月开初的时分:
我又将同你一边举杯饮酒,
一边敞开胸怀,谈古论今——
谈论那冥顽,那凶残的权贵,
谈论那奴才举世公认,
  谈论那天上的帝王,
  间或也谈论人间的国君。

乡　村[*]

　　我向你致意问候你,偏僻荒凉的角落,
　　你这宁静、劳作和灵感的栖息之所,——
　　在这里,在幸福和遗忘的怀抱中,
　　　　我的岁月的流逝的小溪倏忽而过。
　　我是你的呀:我抛弃了纸醉金迷的安乐窝,
　　抛弃了豪华的酒宴、欢娱和困惑,
　　换来树林的恬静的沙沙声、田野的静谧、
　　沉思的伴侣和无所事事优哉游哉的生活。

　　　　我是你的呀:我爱你幽深的花园,
　　　　爱花园的清爽气息和群芳竞妍,
　　爱这片垛满馥郁芬芳的禾堆的牧场,——
　　在灌木林中清澈的小溪流水潺潺。
　　我的眼前啊到处是一幅幅生动的画面:
　　在这里,我看到两面如镜的平湖碧蓝碧蓝,
　　湖面上,渔夫的风帆有时泛着熠熠白光,
　　湖后边,是连绵起伏的山冈和阡陌纵横的稻田,
　　　　远处,农家的茅舍星星点点,
　　牛羊成群放牧在湿润的湖岸边,
　　　　谷物干燥房轻烟袅袅,磨坊风车旋转;
　　　　富庶和劳动的景象到处呈现……

---

[*] 这首诗是七月在"普斯科夫闹事"——被注册为农奴的农民的农奴生活和困难处境的印象的影响下,在米哈伊洛夫斯克村(其风景在诗的第一部分中有所描绘)写成的。普希金只能以"穷乡僻壤"为题发表了诗的第一部分("然而,在这里有一种可怕的念头令我不安"以上,接下去是四行删节号),第二部分以手抄稿广泛流传。

在这里,我摆脱了世俗的束缚,
我学着在真实中寻求幸福,
我以自由的心灵视法律为神祇,
我绝不理睬愚昧的群氓的怨怒,
我要以同情心回答羞涩的哀求,
　　从不羡慕那恶霸,从不追慕
蠢材的命运——他们臭名昭著。

历代的先知啊①,我在这里聆听你们的教益!
　　在这壮丽的偏僻荒凉的地域,
　　你们令人愉悦的声音会听得更清晰。
　　这声音会驱散忧郁的慵懒的梦,
　　这声音会使我产生创作的动力,
　　而且你们的创作的沉思
　　正在成熟啊——在我的心底。

然而,在这里有一种可怕的念头令我不安:
　　在这绿油油的田野和群山中间,
人类的朋友②会不免有些伤感地发现——
那令人沉痛的蒙昧落后的现象到处可见。
　　在这里,野蛮的贵族老爷——
命中注定要给人们带来死难,
他们丧失感情,无视法律,看不到眼泪,
听不到抱怨,只知挥舞强制的皮鞭,
掠夺农夫的劳动、财富和时间。
在这里,羸弱的农奴躬着背扶别人的耕犁,

---

① 指往昔伟大的作家们。
② 这是十八世纪启蒙哲学中广泛使用的语句。

〔俄〕什马里诺夫 作

沿着黑心肠的地主的犁沟蠕蠕而动,
　　屈服于皮鞭。
在这里,所有的人一辈子拖着重轭,
心里不敢萌生任何希望和欲念,
　　在这里,妙龄的少女如花绽放,
　却供恶霸无情地蹂躏摧残。
日渐衰老的父亲们的心疼的命根子,
那年轻力壮的儿子,那劳动的伙伴,
自然,要去替补农奴主家的
受折磨的奴仆,丢开自己的家园。
啊,但愿我的声音能够把人们的心灵震撼!
为什么我的胸中燃烧着不结果实的热情,
而命运偏偏又不赋予我威严雄辩的才干?
朋友们啊!我是否能够看见——
人民不再受压迫,农奴制尊圣旨而崩陷,
那灿烂的霞光最终是否能够升起——
在文明的自由的祖国的九天?

水 仙 女[*]

很久很久以前,有一位僧人
在湖畔的老林里想修行成仙,
他苦苦地磨砺自己——
吃斋、祷告、坐禅。
长老已经为自己掘好了坟墓,
用一把恭顺的小铁铲——
他虔诚地祈求圣徒
让他如愿以偿地归天。

有一年夏天,这位隐士站在
那破败的茅草屋门前,
对着苍天默默地祷告。
密林渐渐变得更加幽暗;
湖面上升起了雾霭,
一轮红色的圆月在云端
顺着天穹悄悄地滚动。
僧人抬眼凝望着水面。

望着望着,不由地充满恐惧;
他的心里感到茫然……
他眼见波涛翻腾起来,

---

[*] 这首诗曾被审查官季姆科夫斯基禁止发表。六年后,一八二六年才得以收入诗选,当时曾引起宗教界对教育部长的不满。

复又平静下去——刹那之间……
蓦地……轻盈有如幽魂,
洁白有如山冈上初雪耀眼,
一个赤裸的女子袅袅出水,
默默无言地端坐在岸边。

她看着那年老的僧人,
梳理着湿淋淋的发辫。
这位圣徒吓得浑身颤抖,
望着她那娇媚的容颜。
她向他频频地招手,
又匆匆地把头儿轻点……
然后,像陨落的流星,倏忽
隐没在浩淼的水波下面。

忧郁的长老通宵没有入眠,
次日也没有做祷告,整整一天——
他神魂颠倒,时不时地看见,
美丽少女的影子在眼前浮现。
幽深的老林又笼罩上夜幕;
月亮啊又飘忽在云端,
少女又来到湖岸上坐下——
是那样苍白,那样娇艳。

她凝望着,频频地点首,
从远处,戏弄地把飞吻频传,
她像孩子般玩耍着,拍打浪花,
她笑声爽朗,哭声令人爱怜,
她召唤着僧人,娇媚地呻吟着……
"僧人啊,僧人!来呀!来我身边!……"

然后蓦地,隐没在晶莹的波浪里;
一切复归于深沉的寂然。

第三天,不能忘情的苦行僧
痴坐在那诱惑人的岸边,
盼望着那美丽绝伦的少女,
然而夜幕又降落在林间……
朝霞又驱散了夜的黑暗:
僧人的影子从此不再出现,
顽童们只看到他那把银须
漂浮在平静的水面。

隐　居[*]

远离吹毛求疵的无知之辈，
隐居在远乡的人可真福气，
他把时光分给辛劳和慵懒，
他把时光分给怀旧和希冀；
命运给他送来了朋友，
仰仗着造物主的恩惠，
他避开了使人昏睡的愚夫，
他避开了惊人美梦的泼皮。

---

[*] 这首诗是法国诗人安托万·阿诺(1766—1843)同名诗的意译。普希金增加了原诗中所没有的一句："远离暴君们和无知之辈"（为了发表不得不对这一句加以缓和，改为"远离吹毛求疵的无知之辈"）。

欢　宴

　　我喜欢黄昏的宴饮，
　　欢乐是宴会的主人，
　　而席间的立法者是
　　自由——我崇拜的女神，
　　直到天亮，千杯的欢呼声
　　淹没了高亢的歌声阵阵！
　　宾客的席位越来越宽，
　　酒瓶的地盘越来越紧。

——以上苏杭译

在 南 方

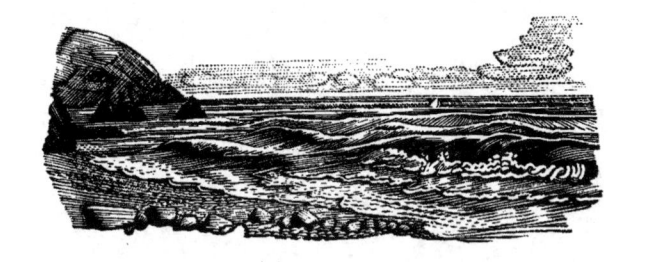

1820—1824

给多丽达

我相信:我被爱;心儿需要相信。
不会的,我的爱,她不会假惺惺;
一切都很真诚:那阴燃的恋情,
那娇羞,美惠女神的无价赠品,
不加修饰的随意穿戴和话语,
还有那些稚气得可爱的名字。

* * *

　　我熟悉战斗,爱听刀剑相击,①
　　从小我就把武功崇敬,
　　爱玩浴血厮杀的游戏,
　　死亡在我看来十分可亲。
　　忠诚的自由战士,年富力强,
　　但若不曾与死亡对阵,
　　他就不曾把极乐品尝,
　　也不配受用娇妻的爱吻。

---

① 这首诗为诗人听到西班牙革命的消息后有感而作。

* * *

唉！她为何还要闪现①
片刻的娇嫩的红颜？
她在萎谢,这很明显,
虽然正值妙龄华年……
就要谢了！青春的时光
给她享用的已不久长；
她也不能够指望长期
给和美的家增添乐趣,
用旷达、可爱的机敏
来助长我们的谈兴,
以文静、开朗的心胸
抚慰受苦人的魂灵……
任阴郁的思潮激荡,
我隐蔽起我的沮丧,
尽量多听她的笑谈,
不住气地把她欣赏；
倾听她的一言一语,
观察她的一举一动；
一瞬间的暂时分离
都使我的灵魂惊恐。

---

① 这首诗写于尤尔祖夫。这里的"她",指尼古拉·尼古拉耶维奇·拉耶夫斯基将军之女,因她患重病,全家迁至南方。普希金被流放到南方时曾和拉耶夫斯基将军一家友好相处过一个时期。

* * *

我不惋惜我的青春良辰，
它们在爱情的梦中蹉跎；
我也不惋惜暗夜的幽情，
是淫荡的芦笛为之讴歌。

我不惋惜不忠实的伙伴，
盛宴的冠冕，传递的酒器；
我更不惋惜负心的姑娘，
我沉思地回避这种游戏。

不过哪里去了，那些时辰，
充满希望，心儿如痴如醉？
还有灵感的热焰和泪水？……
啊，回来吧，我的青春良辰！

* * *

  白昼的巨星已经黯淡,①
暮霭降临到了蓝色的海上。
  响吧,响吧,顺风的船帆,
在我下面激荡吧,阴郁的海洋。
  我望见那远方的海岸,
南国的疆土神奇的他乡;
怀着激动和苦闷的心前往,
  痴迷地将昔日追想……
我自觉:泪水又涌进了眼眶,
  血液冲上来又下降。
旧日的梦想在绕着我飞翔,
我忆起早年的恋情,多热狂,
还有我的所爱和我的创伤,
心愿和希望的恼人的欺罔……
  响吧,响吧,顺风的船帆,
在我下面激荡吧,阴郁的海洋。
飞吧,船儿,带我去遥远的他乡,
听凭凶恶的大海喜怒无常,
  只别走向忧郁的海岸,
  我那烟雾弥漫的故乡;
  在那边,情欲的火焰

---

① 这首诗写于由刻赤南下去尤尔祖夫途中船上。一八二〇年载《祖国之子》杂志,诗后注明:"黑海"。以后发表都指明:"仿拜伦"。

第一次点燃我的情感,
温柔的缪斯暗中对我微笑,
　　我那逝去的青春华年
　　早早地就已毁于风暴,
行踪无定的欢乐将我背叛,
让痛苦把冷却的心儿霸占。

　　为了寻找新鲜的印象,
　　我逃离了亲爱的故乡;
　　我逃离娇生惯养的一帮,
须臾的青春的须臾的伙伴;
还有你们,声色国里的女郎,
虽无情爱,我却向你们献上
荣誉、自由、心灵和恬淡,
而今你们已被我遗忘,
似锦华年的密友——负心的姑娘
也被我遗忘……只是爱情的创伤
无法治愈,仍旧留在我的心上……
　　响吧,响吧,顺风的船帆,
在我下面激荡吧,阴郁的海洋……

海　仙

在吻着塔夫利达①的碧波间,
借着曙光,我看见了海仙。
我隐在树丛中,连气也不敢喘:
她洁白的胸脯,像天鹅一样,
挺起在明净的海面上,
水沫顺着她的秀发直淌。

---

① 克里木半岛的古称。

* * *

渐渐稀薄了,飞跑的白云;
忧郁的星星,黄昏的星星,
你的银辉镀白了凋萎的平原,
昏睡的河湾,黑色的山巅;
我爱你在天穹中的一抹幽光,
它唤醒了我的沉睡着的思想。
我记得,熟识的星星,你怎样升起
在和平之乡,那里一切都中我意,
挺拔的杨树耸立在山谷中,
桃金娘多娇嫩,柏树多阴沉,
南方的海浪发出醉心的喧响,
我曾在那边山上,满怀诚挚的思想,
俯瞰着大海,懒懒地消磨时光,
当夜幕降临到农家茅屋上,
那少女在昏暗中把你寻觅,
呼唤你,就用她自己的名字。

——以上陈馥译

缪　斯[*]

我在孩提时期就得到她的欢心,
她送我一支七管芦笛作为赠品。
倾听我的演奏,她笑意盈盈,
我轻按空心笛管响亮的笛孔,
一再娴熟地移动我纤弱的手指,
已能演奏神明启迪的庄严颂诗
和弗里吉亚①牧童的和谐曲调。
从早到晚聆听隐身仙女指教,
在橡树的浓荫里,我非常勤勉,
她偶尔褒奖我,为了让我喜欢,
把鬈发从秀美的额角向后一理,
并且亲自从我的手中接过芦笛。
一只芦管顿时发出了神的律动,
神圣的魔力充塞着我的心胸。

---

[*]　缪斯此处专指诗神。
①　小亚细亚中部的古称。

* * *

我再也没有什么期望,①
再也不迷恋什么幻想;
惟独忧患还伴随着我,
这是心灵空虚的苦果。

命运坎坷,风雨无情,
绚丽的花冠已经凋零——
我活着,感到孤独、伤心,
我等待:末日是否来临?

这恰似枝头一片孤叶,
正值凄凉的暮秋时节,
听到冬天狂风的怒吼,
战战兢兢不停地颤抖。

---

① 这首诗最初是有关高加索的一部长诗的片断,是俘虏的独白,但是后来却变成了独立成篇的作品(在普希金的一份手稿上,这首诗的标题是:《哀歌》——摘自长诗《高加索》)。

战　争*

　　战争！终于扯起了战旗，
　　光荣的旗帜猎猎迎风！
　　我将目睹鲜血，目睹复仇的节日；
致命的铅弹将在我的身旁呼啸飞行。
　　多少强烈的印象
　　将刻在我期待的心中！
　　义军风起云涌势加破竹，
　　军营报警，刀剑齐鸣，
　　在凶险残酷的战火中，
　　士兵和将领慷慨牺牲！
　　啊，崇高颂诗的题材
　　将把我沉睡的才华唤醒！——
我觉得一切全都新奇：简陋的帐篷，
　　敌营的灯火，敌兵陌生的你呼我应，
黄昏擂鼓，炮声如雷，炸弹轰隆，
　　以及死亡临头的惊恐。
你呀，赴死的渴望，英雄的狂热，
　　荣耀的盲目欲念，是否已在我心中诞生？
　　双重的桂冠是否有幸归到我的名下？
　　还是吉凶未卜的厮杀注定我将悲惨丧命？
　　一切将随我同归于尽：青春岁月的希望，

---

* 一八二一年，希腊人民发动起义，反抗土耳其人的奴役，传闻俄国也将向土耳其宣战，这首诗的创作即与此有关。普希金流放基希尼奥夫期间，距离起义地点不远，他对希腊人民寄以深切的同情。

心头的神圣的激情,崇高的追求的大勇,
对于兄弟的回忆,对于朋友的怀念,
以及创作构思的那种徒然的激动,
还有你,还有你呀,爱情!……莫非战争的喧嚣,
军旅的艰辛,盛名之下的怨尤,
全不能窒息我惯于思考的心灵?

　　我是剧毒的牺牲品,渐趋衰竭,
我难以控制自己,再也不能够平静,
沉重的慵倦之感主宰了我的心胸……
　　战斗的恐怖为什么姗姗来迟?
为什么还不见杀气腾腾的初次交锋?

致格涅吉奇函摘抄[*]

朱莉娅[①]亲自为他佩戴桂冠,
狡黠的奥古斯都[②]因而将他流放,
奥维德[③]苦熬暗淡岁月无限惆怅,
他拨动了如泣如诉的琴弦,
怯懦地奉献给充耳不闻的偶像,
在放逐的边远地区他冥思苦想;
这里距北国京都更加遥远,
忘记了都会里持久的尘封雾障,
我惊扰着摩尔达维亚人的安眠,
芦笛声声自由自在地喧响。
我行我素,我和过去仍然一样;
懒得低头弯腰同愚妄之辈交往,
很少饮酒,常跟奥尔洛夫[④]争辩,
我决不会——怀着渺茫的希望——
用阿谀的颂词把奥克达维歌唱。
我为友谊书写轻松的信简,

---

[*] 一八二一年三月二十四日普希金自基希尼奥夫给诗人、《伊里亚特》的俄文译者尼古拉·伊凡诺维奇·格涅吉奇(1784—1833)写了一封信,这首诗是信件的起始部分。
[①] 古罗马皇帝奥克达维·奥古斯都的女儿。
[②] 奥克达维·奥古斯都(公元前63—公元18),古罗马皇帝,朱理·恺撒的外孙。
[③] 据传因奥维德与奥古斯都大帝之女朱莉娅关系暧昧,被流放到黑海之滨的托弥城(今罗马尼亚境内的康斯坦察)。
[④] 米哈伊尔·费奥多罗维奇·奥尔洛夫(1788—1842),阿·费·奥尔洛夫之弟,"阿尔扎玛斯社"的成员,"幸福同盟"的领导人之一。

未经严格的推敲,审慎的思量。
你——得天独厚的诗人啊,
命运使你才华无羁,神思飞扬,
造化注定由你谱写庄严的诗章,
你在孤寂生涯中才会心舒意畅。
哦,阿喀琉斯①的威严的幽灵,
从你笔端复活,重新开始游荡,
你使我们目睹荷马的真实缪斯,
你使赞美荣誉的无畏歌手,
挣脱了铿锵的枷锁而获得解放②;
你的声音传到了僻野穷乡,
我在这里落脚栖身,暂时躲避,
避开阴险的迫害、市侩的诽谤。
你的声音恰似甜美的灵感之歌,
使诗人心灵复苏得到新的力量。
星辰的使者,我格外珍视
你的亲切问候和你的赞誉褒奖;
诗人为缪斯、为友谊生存。
他对他的仇敌投以轻蔑的目光——
他决不会介入闹市的争斗,
众目睽睽之下贬低缪斯的形象;
他只是顺手抽打拙劣的评论家,
用藤条教训他:且勿张狂!

---

① 《伊里亚特》一书中的人物。
② 格涅吉奇经过短暂的犹豫,着手翻译荷马的史诗《伊里亚特》,他和他的先驱者——十八世纪的叶·伊·科斯特罗夫不同,科斯特罗夫用六音步抑扬格有韵体翻译,他却采用原作的格律,用六音步无韵体翻译,因而此处说他使荷马从铿锵的韵脚枷锁中得到了解放。

短　剑[*]

　　　　　林诺斯锻造之神[①]将你铸就，
　　　　　不死的涅墨西斯[②]紧握在手，
志在惩罚的短剑啊，秘密守护自由，
你是最终的裁判，受理屈辱与冤仇。

哪里宙斯的雷沉默，法律的剑昏睡，
　　你就化诅咒为行动，变希望为现实，
　　你隐伏在王位的阴影下，
　　或潜藏在灿烂的礼服里。

　　恰似地狱的寒光，仿佛神灵的闪电，
霜刃无声，直逼恶贯满盈者的双眼，
　　虽然置身于亲朋的宴会，
　　　他环顾左右，忐忑不安。

随时随地，你能够找到他猝然出击：
在陆地，在海洋，在殿堂或帐篷里，
　　在幽静隐秘的古堡后面，
　　在睡榻上，在他的宅邸。

---

[*] 这首诗普希金生前未能发表，仅以手抄本形式流传，在十二月党人激进分子中间尤其受到赞赏。
[①] 林诺斯是希腊的一个岛，据说是希腊神话中锻铸神的居住之所。
[②] 希腊神话中的报应女神。

神圣的卢比孔河①在恺撒②的脚下呜咽，
强大的罗马倒下了，法律垂下了头；
　　而布鲁图奋起，他爱自由，
你刺中了恺撒——临终时他才醒悟，
　　庞培③的大理石像傲然不朽。

暴乱的歹徒们掀起恶毒的喧嚣声，
　　凶手出现了，浑身血腥，
　　卑鄙，阴森，面目狰狞，
　　自由被杀了，血流尸横。

用手随意指点，他就是催命的差役④，
　　他为疲倦的冥王献祭，
　　然而天庭裁决给这刽子手
　　派遣了少女欧墨尼得斯⑤和你。

啊，桑德⑥，耿直的青年，不幸的使者，
　　你的生命虽熄灭在刑场，
　　但是你惨遭杀戮的尸骸，
　　保留着圣洁美德的遗响。

---

① 意大利北部的河流。公元前四十九年，恺撒率军渡过了这条河，将共和派执政者庞培击败，以独裁统治取而代之。
② 恺撒（公元前100—44），古罗马统帅，政治家，后被布鲁图刺杀，死于庞培大理石像之下。
③ 庞培（公元前106—48），古罗马统帅，共和派政治家，被恺撒击败后，逃至埃及被杀。
④ 隐指让-保罗·马拉（1743—1793），十八世纪末法国革命时期小资产阶级革命派的杰出领袖，后遇刺身亡。
⑤ 希腊神话中的复仇三女神，此处指夏洛蒂·考尔黛，她于一七九三年刺死了马拉。
⑥ 桑德（1795—1820），德国学生，一八一九年三月二十三日刺杀德国反动作家科采布，此人为俄国政府收买的密探。桑德被处死刑，他的坟墓成了德国进步青年瞻仰的圣地。

在你的日耳曼,你成了不朽的英灵,
　　你使罪恶势力畏惧灾祸,
　　在你悲壮威严的墓地上,
　　一柄无名短剑寒光闪烁。

给瓦·里·达维多夫*

此刻,当奥尔洛夫将军
刚做新郎①,剃了胡须——
正燃烧着神圣的激情,
准备去迎接枪林弹雨;
当你,聪明的戏谑者,
谈笑喧哗,消磨永夜,
我的拉耶夫斯基父子②
开怀畅饮一瓶瓶"阿伊"③,
当活泼、稚气的新春,
含笑把泥泞铺遍大地,
当我们痛苦的独臂公爵④
在多瑙河畔发动起义……
我爱回忆卡敏卡和你、
奥尔洛夫、拉耶夫斯基;
我想告诉你三言两语,
谈谈基希尼奥夫和我自己。

---

* 瓦西里·里沃维奇·达维多夫(1792—1855),十二月党人秘密团体南社的重要活动家之一,十二月党人起义失败后,他被判处流放西伯利亚服苦役,直到去世。
① 米·费·奥尔洛夫(1788—1842)娶了拉耶夫斯基的长女叶卡捷琳娜为妻。
② 指尼·尼·拉耶夫斯基将军(1771—1829)和他的长子亚历山大·尼古拉维奇(1795—1868)。拉耶夫斯基将军是达维多夫同母异父的兄弟。这父子俩当时也在卡敏卡逗留。
③ 一种香槟酒的名称。
④ 指亚历山大·伊普西兰基(1792—1828),一八一三年他在德累斯顿战役中失去了右臂,一八二〇年十月普希金和他在基希尼奥夫结识。一八二一年三月初,伊普西兰基在多瑙河一带起义,反抗土耳其人的奴役,力图使希腊人得到解放。

那位白发的馋嘴大主教①,

  这些日子,在教堂中,
午餐之前,总要祈祷,
祝福全俄罗斯万年昌盛,
跟鸟与马利亚的合生子②
互吻三次,向天堂飞升……
我口是心非学得乖巧,
吃斋、祷告、无比虔诚,
求上帝饶恕我的罪孽,
像皇上对拙作那样宽容。
英佐夫斋戒不再吃荤,
前两天我也丢开竖琴,
用帕耳那索斯的胡言乱语——
命运赐予的有害赠品,
换了干蘑菇和日课经文③。
没承想我高傲的理智
竟对我的忏悔大加诅咒,
不信教的胃却在恳求:
"行行好吧,你,老兄,
基督的血,什么时候
换一换,来杯'拉菲特'④,
或者是'克娄德·勿柔'⑤……
现在倒好,想想都可笑,——
喝掺水的摩尔达维亚酒!"

---

① 指加甫利·巴努列斯库,一八二一年三月复活节前不久,举行了他的葬礼。
② 指基督。据圣经故事,化作鸽子的圣灵与少女马利亚生下了基督。普希金用这种讽刺的摹拟笔调,同一个月还写成了长诗《加百列颂》。
③ 普希金作为官员必须和他的上司英佐夫一样斋戒、祈祷、进圣餐。
④⑤ 都是红葡萄酒的名称。

我一面祈祷,一面叹气……
画着十字不受撒旦引诱……
达维多夫啊,我却总是
不由自主想你的葡萄酒……

　　那是一种别样的圣餐,
当你,和你亲密的伙伴,
在熊熊燃烧的壁炉前面,
一齐穿上民主的长衫,
用没有泡沫的凛冽清流,
把那盏救世的酒杯注满,
为了他们和她的健康,①
点滴不剩,一饮而干!……
而他们在那不勒斯蒙难,
她也未必有复活的机缘……
人民不触动肩上的重轭,
长久来只盼望宁静平安。
难道希望之光已经消失?
不!我们终将尽情欢乐,
让我们共饮神圣的血酒——
我要说:基督已经复活。

---

① "他们"指意大利革命团体烧炭党人,一八二〇年他们在那不勒斯起义,一八二一年三月遭到奥地利军队的镇压。"她"隐喻自由。

给卡捷宁[*]

是谁给我寄来她的肖像?
容光神秀天仙似的风韵;
作为天才的热情崇拜者,
我从前是赞美她的诗人。
当美人儿享受香烟供奉,
以声名炫耀,孤标不群,
我用嘘声压倒一片赞颂,
大概是出自偏颇的气愤。
偶尔的短暂愤懑平息了,
再不会弹出嘈杂的琴音,
面对色里曼娜和莫伊娜①,
好朋友,有罪的是竖琴。
神明啊,凡人心浮气躁,
因一时糊涂冒犯了你们;
但不久,瑟瑟发抖的手,
会向你们奉献新的贡品。

---

[*] 帕维尔·亚历山德罗维奇·卡捷宁(1792—1853),俄罗斯诗人,剧作家,是女演员亚·米·科洛索娃的导师。普希金在《"爱斯菲尔里一切都使我着迷……"》(1820)一诗中曾嘲讽过这位女演员。为了赎回自己的"过失",诗人借一本新版书封面有科洛索娃的版画肖像一事,以给卡捷宁赠诗的形式,向科洛索娃寄赠了这首赞美诗。

① 色里曼娜是莫里哀喜剧《恨世者》中的人物;莫伊娜是奥泽罗夫的悲剧《芬加尔》中的人物。科洛索娃曾经扮演过这两个角色。

给恰阿达耶夫

　　在这里我忘了往年的惊恐焦虑,
奥维德的骨灰是我孤寂的邻居,
名望对我来说不过是无聊之物,
但我厌倦的心因思念你而痛苦。
早就仇视令人拘束的繁文缛礼,
我不难摆脱那宴饮聚会的积习——
心灵昏昏欲睡,浮华炫耀席间,
外表的冷淡包裹着真情的火焰。
离开那群吵闹而轻狂的年轻人,
我虽孤身流放,却不留恋他们;
慨叹声中将其他谬误统统抛弃,
我把诅咒和遗忘掷向我的仇敌,
撕碎束缚过我逼我挣扎的罗网,
心灵获得新奇的宁静意味深长。
孤独中我不羁的才华自由翱翔,
体验冷静的创作,沉思的渴望。
时间任我支配,心与秩序订交,
我学会了专心致志长久地思考;
在自由的怀抱中我要找出办法,
以弥补年轻时荒唐虚度的年华,
追随文明开化,跟上时代步伐。
缪斯又来见我,赞赏我的闲暇,
面带笑容,这几位和蔼的女神,
被抛弃的芦笛又贴近我的双唇,

往昔的声音使我喜悦而又激动,
我重新歌唱幻想、大自然和爱情,
歌唱忠诚的友谊、美好的人物,
我在少年时代曾对之迷恋思慕,
在那些日子里我尚且默默无闻,
对人生目的以及政体概不关心,
我的歌萦绕在欢乐懒散的住处,
也在皇村绿树荫凉中荡漾飘浮。

　　但朋友不能把我陪伴,我悲凄,
望着异乡的碧空,南国的土地;
无论缪斯、创作或闲适的欢欣——
什么也代替不了我惟一的友人。
我的良医啊,永远忠实的朋友,
治我的创伤,把我的心灵挽救,
我甘愿把短暂的一生向你奉献,
我的履历已承受过命运的考验!
你了解我的心,当我青春年少,
你洞悉那以后我怎样暗自苦恼;
你的朋友热情冲动,痛苦不堪,
一度曾濒于不可测的毁灭深渊,
扶持我的是你伸出的警觉的手,
你把希望和平静给予你的朋友[①];
你严峻的目光能看透内心深处,
你用劝解或者责备使心灵复苏;
你的激励又点燃了高尚的憧憬,
坚忍的毅力重新在我心中诞生;

[①] 普希金得知彼得堡流传着谣言,污蔑他在警察局受过鞭刑,他非常愤怒,想自杀或是刺死亚历山大一世。显然,他把自己的想法告诉了最知心的朋友恰阿达耶夫。他的朋友开导和安慰他,使他蔑视流言蜚语,重新恢复了平静。

诽谤的声音不再使我感到屈辱,
我已学会了蔑视,学会了憎恶。
我何苦要白费唇舌去郑重评判
高贵的奴才、头顶福星的蠢汉?
何苦抨击那位哲学家?正是他
从前堕落腐化,臭名传遍天涯,
然而经过一番打扮,存心遮丑,
他戒了酒,成了牌桌上的小偷①。
演说家鲁日尼科夫②,无名之辈,
我不屑理睬,随他去枉然狂吠。
有了你的友谊我足以感到自豪,
何必计较小丑议论、笨伯造谣、
贵夫人和拙劣批评家窃窃私语?
何必剖析诽谤者流玩弄的心机?
谢天谢地:我走过了黑暗的路;
我的胸膛里充塞着早年的痛苦;
惯于忧伤,我还清了命运的债,
我将以坚毅的心灵把生活承载。

　　惟一的愿望:请你和我在一起!
我再也没有别的祈求烦扰上帝。
难道不久就要分离,我的朋友?
什么时候能手握着手情谊交流?
什么时候能听到你亲切的询问?
我将怎样拥抱你啊,我的友人!
你在书斋长期思索,偶尔幻想,

---

① 指费·伊·托尔斯泰伯爵,普希金在基希尼奥夫听到传闻,似乎此人首先散布了他遭受鞭刑的谣言,因而予以讽刺。
② 指米·特·卡切诺夫斯基教授,他的有些文章署笔名"鲁日尼基老人"(鲁日尼基是莫斯科的地名)。

对浮浪的人群投以冷峻的目光。
我要来,一定要来,我的隐士,
和你共同回忆促膝畅叙的往事,
青年人的晚会,预言未来的争辩,
业已谢世的熟人们的生动言谈;
我们阅读、评判、笑骂、论争,
让那自由的希望之星重上天空①,
我感到欣慰;不过,上帝保佑,
请你务必把谢平②从家门口轰走。

---

① 此处指 1818 年《致恰阿达耶夫》一诗的结尾。一八二一年这首诗发表时,这一行曾被书报审查机关删去。
② 令人厌恶的彼得堡军官,普希金一八一九年《寄语戈尔恰科夫公爵》一诗曾予以嘲讽。

*　*　*

谁见过那个地方？天然的丰饶①
使柞木林繁茂,使草地肥壮,
那里的波浪爱抚着和平的海岸,
激扬起水花儿,欢乐地喧响,
那里的月桂树笼罩着丘陵山冈,
郁郁不乐的雪花儿不敢光降。
试问:什么人见过那美好边疆,
我这无名囚徒爱过那个地方?

金色的境界,埃尔温娜②的家乡,
我的幻想展开双翅向你飞翔!
我记得你靠近海岸的悬崖峭壁,
我记得江河澄澈欢腾地流淌,
记得树荫,喧声,峡谷风光旖旎,
纯朴的鞑靼人家宁静而安详,
一家老少辛勤操劳,互助互爱,
接待远方来客又热情又豪爽。

那里万物葱茏,满目喜人景象,
鞑靼人的花园、城市和村庄；
细碎的波纹上倒映着崇山峻岭,

---

① 这首诗回顾了诗人一八二〇年沿克里米亚海岸漫游及其在尤尔祖夫的生活印象。
② 诗中假想的人物。

条条帆船消失在大海的远方;
葡萄藤上悬挂着成串儿的琥珀,
如茵草地鸣叫着游牧的牛羊……
航海者能够远眺密特里达特墓,
辉映着沉沉西下的一线残阳。

塌陷的坟冢上面喧闹着桃金娘,
我能否透过密林再一次观赏,
观赏山的穹隆,海的碧波闪光?
观赏天空,像笑容一样明朗?
能否平息生活风暴般的动荡?
能不能重温往年的美妙景象?
我能不能再次走进清爽的树荫,
心在和谐的困倦中沉入梦乡?

* * *

我即将沉默!……但在忧伤的日子,
如果琴弦能用乐曲回报我以相思;
如果那些默默倾听我的少男少女,
对我因爱情长久痛苦而感到新奇;
如果你自己,也深深地受到激动,
在静寂中反复吟诵我感伤的诗句,
喜爱我的发自内心的热情的言语……
如果我被爱……亲爱的朋友,请允许
因为美丽的钟情少女圣洁的名字,
使我临终的琴声充满激情和朝气!
当死亡的梦永远笼罩着我的时候,
请你在我的墓地低诉绵绵的情意:
他是我的心上人,他应该感谢我
给了他最后的灵感,让他把爱情讴歌。

* * *

我的朋友,我忘了过往岁月的足迹,
忘了我激流跳荡的青春时期,
请不要问我什么已经不在人世,
在忧伤与欢乐里我曾得到过什么,
　　　我爱谁,以及谁把我抛弃。
且让我独自咀嚼破碎的喜悦;
但你,天真的姑娘,是为幸福而生!
要坚信幸福,捕捉疾飞的时刻:
你的心充满生机,为友谊,为爱情,
　　　　为亲吻的甜美和激动;
你的心单纯,决不会理解沮丧;
你稚气的良知像晴空一样明朗,
你何苦要听枯燥乏味的故事,
　　　　其中只有亢奋与癫狂?
它必定会使你平静的心海起波澜;
你会因此而流泪,你的心会颤动,
无忧无虑会飞离你的轻信的心田,
你对我的爱情……可能感到惊恐。
也许,永远……不,我的爱,
我惟恐失去这最后的欢乐,
不要强求我作出危险的表白:
今天我在爱,今天我快活。

拿 破 仑*

奇异的命运已告终结，
伟大的人物明星殒灭，
拿破仑的严酷时代，
已经无可奈何地沉落。
逝去了，胜利的骄子，
遭受审判的执政者，
他受到天下人的放逐，
已是后代崛起的时刻。

你用血泊染成的记忆，
将久久地遍布于世界，
赫赫英名庇护着你，
安息在浩渺的烟波……
这陵墓何等宏伟壮阔！
安置你遗骸的灵柩上，
人民的憎恨已熄灭，
而不朽之光却在闪烁。

在屈辱的土地上空，
你的鹰鹫飞翔了多久？
多少王国相继沦陷，

---

* 这首诗是普希金得知拿破仑于一八二一年五月五日在圣海伦岛去世的消息后，于六月十八日写的。

任霹雳残暴摧枯拉朽!
听凭宿命力量的驱遣,
战旗呼啸,灾祸横流,
你把强权专制的重轭,
压在大地子孙的肩头。

当世界从奴役中觉醒,
被希望的霞光照亮,
高卢人用愤怒的巨手,
推翻了腐朽的偶像;
当国王的肮脏尸体①,
横陈在暴动的广场,
不可避免的伟大节日——
自由的节日大放光芒——

激怒的人民掀起风暴,
你却预见到绝妙机会,
不顾人民的崇高希望,
你竟然蔑视整个人类。
只相信毁灭性的幸福,
你无畏的心如狂如醉,
受了专制制度的诱惑,
你迷恋玄虚幻灭的美。

你安抚变革中的人民,
平息他们幼稚的激狂,
新生的自由变得哑然,

---

① 指被送上断头台的路易十六。一七九三年一月二十一日,他在巴黎的革命广场被处死。

突然丧失了它的力量；
奴隶簇拥你踌躇满志，
实现了你权力的欲望，
你用桂叶缠绕起锁链，
把民军们驱上了战场。

法兰西虽然获得荣耀，
却忘了她远大的抱负，
只能用不自主的目光，
望着她那辉煌的耻辱。
你把剑带进盛大宴会，
一切都向你拜倒欢呼，
欧罗巴毁了，阴惨的梦
在她的头顶上空飘浮。
巨人扬起可耻的尊容，
踏上了欧罗巴的前胸。
蒂尔西特①！（罗斯人
听到它已经不再惊恐）
蒂尔西特使傲岸英雄
最后一次域外扬名；
和平乏味，安宁冷清，
幸运儿的心又在激动。

是谁蛊惑了你？狂人！
谁竟使奇才目光短浅？
你怎不理解罗斯人的心？
徒然有胆略见识高远！

---

① 东普鲁士的边境城市，一八〇七年亚历山大一世联合普鲁士反对拿破仑失败之后，被迫承认了作为法兰西皇帝的拿破仑的权力，在这个城市签订了使俄罗斯人蒙受耻辱的条约。

未能预料熊熊的烈焰,
你幻想我们罗斯人民
又把天赐的和平企盼;
待猜透我们为时已晚……

俄罗斯,惯战的女王,
你把古老的权利记牢!
熄灭,奥斯特利兹太阳①!
伟大的莫斯科,燃烧!
另一个时代已经到来,
短暂的耻辱一笔勾销!
决死战是我们的协定!
俄罗斯,为莫斯科祈祷!

他伸出了冻僵的双手,
抓住自己铁的冠冕,
他完了,他终于完了,
目睹眼前无底的深渊。
雪地上到处都是血迹,
欧洲的民军匆匆逃窜,
融雪宣告他们的覆灭,
敌人的踪迹随即消散。

天下沸腾,狂飙漫卷,
欧罗巴挣脱了锁链,
万民的诅咒飞向暴君,
讨伐的吼声雷鸣一般。

---

① 地名,在今捷克境内,一八〇五年,拿破仑在这一地带取得了决定性的胜利,打败了俄奥联军。据记载,鲍罗金诺战役打响之前,天空出现了太阳,拿破仑向他的军队高声叫道:"这是奥斯特利兹的太阳!"

巨人看见了复仇女神，
看见人民在挥舞铁拳：
暴君啊，重重的屈辱，
都要如数地找你清算！

他往日的贪得无厌，
以及出奇制胜的凶残，
换来流放的心情苦闷
和异国天空下的孤单。
寻访囚徒的炎热小岛，
将有来自北方的帆船，
游人会在一处岩壁
刻下宽容和解的语言。

在这里极目远望海浪，
囚徒曾想起刀剑齐鸣，
想起北国冰冻的恐慌①，
想起他的法兰西天空；
他在荒岛上有时忘了
王位、后世以及战争，
独自，独自想着爱子，
心里感到凄楚、沉痛。

如今什么人心胸褊狭，
甘愿承受可耻的骂名，
才会发出轻率的谴责，
去惊扰他废黜的亡灵！
啊，他为俄罗斯人民

---

① 指俄罗斯一八一二年的严冬。

指出了崇高的使命，
给世界以永恒的自由，
是他放逐生涯的遗赠。

* * *

忠贞的希腊女子！不要哭，——他已经英勇牺牲，①
  是敌人的铅弹射穿了他的心胸。
不要哭——在初次战斗的前夕难道不是你自己
  为他指出了这血染的光荣途程？
  那时候，预感到生离死别的沉痛，
  丈夫向你伸出手臂，神色庄重，
  含着热泪为自己的幼子祝福安宁，
  但一面黑旗喧响着把自由呼唤，
  和阿里斯托吉顿②一样，用桃金娘绿叶缠绕利剑，
他投入战斗，奋勇冲锋——是的，他已经牺牲，
  但伟大而神圣的事业已经完成。

---

① 这首诗的创作可能和某一具体事件有关，但诗人以概括的笔法讴歌了希腊人民反抗土耳其压迫者的英勇斗争精神。
② 一雅典青年，公元前六世纪，他和兄弟一起用桃金娘叶包裹的短剑刺死了暴君希巴克斯。

致奥维德

　　奥维德,我住在平静的海岸附近,
当年,你把祖邦受到驱逐的众神
带到这里,你把骨灰留在这里;
你凄凉的悲泣为此地赢得声誉。
你那七弦琴温柔的声音至今不衰,
你的故事家喻户晓流传在这一带。
你生动的文笔刻入了我的想象,
诗人身遭囚禁,荒野阴沉凄凉,
风雪司空见惯,天空云遮雾障,
给草地温暖的只有短暂的阳光。
凄婉琴弦的旋律使我心醉神迷,
奥维德,我的心时时追随着你!
我看见你的船出没于巨浪惊涛,
在荒僻的海岸附近抛下了铁锚,
等待爱情歌手①的是残酷的酬报,
原野没有绿荫,丘陵没有葡萄;
斯基福②天气寒冷,男儿生性剽悍,
他们在雪地降生,惯于残酷征战。
他们埋伏在伊斯特河③边劫掠行人,
每时每刻用袭扰威胁着集镇乡村。

---

① 指奥维德写的爱情诗和享有盛誉的《爱的艺术》。
② 濒临里海北岸的草原,十世纪以前许多民族聚居在这里,他们被认为是剽悍的希腊人和罗马人的祖先。
③ 多瑙河的古称。

他们不可阻拦:浪里游如履平川,
任脚下的薄冰轧轧作响腿也不软。
叹息吧,奥维德,叹息命运无常!
少年时代就蔑视军旅生涯的动荡,
你热衷为你的头发编织玫瑰花冠,
你惯于悠闲,无忧无虑消磨时间;
而今你不得不依傍怯懦的竖琴,
戴沉重的头盔,握凶残的兵刃。
无论女儿、妻子及成群的好友,
无论缪斯,这昔日的轻佻女友,
都不能为放逐的歌手分忧解愁。
美人儿们白为你的诗作献上花环,
年轻人把它们倒背如流也是枉然,
无论是名望、衰老、哀怨、伤悲、
歌声委婉,都不能打动奥克达维;
你暮年的岁月将沉入遗忘的深潭。
金色意大利的公民也曾豪华非凡,
在野蛮的异邦却孤零零默默无闻,
你的四周总也听不见祖国的声音。
你投书给远方的朋友满怀沉痛:
"啊,归还我父兄居住的圣城,
归还我世袭花园里宁静的绿荫!
代我恳求奥古斯都,我的友人,
用泪水求他高抬贵手从轻惩处,
但假如愤怒之神至今不肯饶恕,
伟大的罗马啊,今生我再难见你,
愿最后的祈祷缓和可怕的遭际,
让我的灵柩接近美丽的意大利!"
你把无望的悲吟留给晚辈后裔,
什么人能心肠冷酷,无视优美,

敢于责备你的沮丧和你的眼泪?
什么人能傲慢粗鲁,不通人情,
读诀别人世的哀歌竟无动于衷?

  我是严肃的斯拉夫人,泪不轻弹,
我对世界、人生和自己统统不满,
但我理解你的歌,不禁心潮起伏,
寻觅你的行踪,我是任性的囚徒,
在这里苦度余生,你的境遇凄凉,
在这里你使我生发出种种幻想,
奥维德呀,我默默地重复你的歌,
并且一一印证诗中的感伤景色;
然而视线不甘忍受幻影的欺骗,
你的放逐暗中吸引着我的双眼,
我看惯了北方阴沉惨淡的雪景,
这里的蓝天却持久地放射光明;
这里冬天的风暴不能长久逞凶。
一个新移民来到了斯基福海岸,
南方之子紫红的葡萄光彩鲜艳。
俄罗斯的草原十二月已经阴暗,
蓬松的积雪覆盖旷野恰似地毯;
那里严冬呼号——这里春风送暖,
一轮艳阳照耀着我头顶上的蓝天;
枯黄的草场露出了斑驳的新绿,
早耕的犁铧翻开了自由的土地;
微风习习,临近黄昏有料峭春寒;
湖面的冰几乎不透明,色泽暗淡,
像一层璞玉覆盖着静止的流水,
这一天,苏醒的诗灵展翅翻飞,
我想起了你那忐忑不安的体验,

你第一次试图踏上冰封的波澜,
你迈开了脚步,心中感到迷茫……
恍惚间,我看见那新结的冰上,
你身影一闪,远处传来了悲吟,
像离别时凄楚的长叹哀婉动人。
欣慰吧;奥维德的桂冠没有凋零!
唉,世世代代将不知道我的姓名,
孤立不群的歌手,黑暗的牺牲品,
我浅陋平庸的才华而今行将耗尽,
与平生忧伤、短暂的浮名一齐消逝……
然而后代子孙倘若了解我的身世,
来到这遥远荒僻的地方察访寻觅,
在名人的尸骨附近探寻我的遗迹,——
挣脱遗忘之岸淡漠冷清的罗网,
我的幽灵怀着感激将向他飞翔,
我珍视这后代子孙的缅怀思念。
但愿我心中的遗言能传之久远:
和你一样,受到无情命运的捉弄,
我们名望有高下,而遭遇却相同。
在这里我让北国的琴声传遍荒原,
我四处漂泊,像当年在多瑙河岸
心灵高尚的希腊人那样呼唤自由,
但世界上没有一个朋友听我弹奏;
然而,温和的缪斯、沉睡的树林、
异域的田原和山冈终归是我的知音。

征　兆

你要用心观察各种先兆与特征：
牧羊人和庄稼汉即便年纪轻轻，
望望天空，看看西边的云烟，
就能够言是刮风还是晴天，
预言五月的雨滋润田野的禾苗，
预言寒流提前来临将危及葡萄。
比如，傍晚时刻你走近湖边，
天鹅展翅戏水冲你连声呼唤，
或者，明亮的太阳被愁云遮蔽，
记住，明天必定出现狂风暴雨，
风雨将把少女们从梦中惊醒，
也可能会有冰雹来敲打窗棂，
农夫早起本想去山谷收割庄稼，
听到风雨又倒头便睡，暂且作罢。

——以上谷羽译

给巴拉登斯基*

自比萨拉比亚

这个荒无人迹的国度
对诗人的心灵神圣无比:
杰尔查文曾歌颂过它,
它充满了俄罗斯的荣誉。
奥维德的幽灵至今还在
寻觅多瑙河的河岸;
飞向缪斯的弟子们和阿波罗,
应着他们那甜蜜的召唤。
我常常同它一起徘徊,
沿着陡岸,伴着明月;
但是,拥抱你,活着的奥维德,
朋友,我感到更亲切。

---

* 普希金一八一九年结识了巴拉登斯基,对他的创作有很高的评价。巴拉登斯基此时正在芬兰的俄国驻军中,形同流放。

英明的奥列格之歌

英明的奥列格①集合起自己的大军,
　　欲去报复无理的哈扎尔人②,
为了惩治他们的猖狂的入侵,
　　要把他们的村庄和田地火焚;
身着帝城铠甲,骑着忠实的骏马,
公爵率领亲兵在田野上进发。

迎着他,从一片晦暗的森林
　　走来了一个聪颖的占卜师,
这个老人只敬重一个彼隆③,
　　对未来的事情他能报知,
他在祈祷和占卜中度过自己的一生。
奥列格走近这个聪明的老翁。

"请告诉我,巫师,众神宠爱的老人,
　　我的命运将会怎样?
是否会让邻邦的敌人高兴,
　　不久一抔黄土将把我埋葬?

---

① 奥列格系留里克家族中主宰基辅的第一个基辅大公,他曾把首府从诺夫哥罗德迁往基辅,置许多斯拉夫民族于自己的管辖之下。据编年史家的叙述,他在九○七年远征拜占庭和帝城(即伊斯坦布尔)期间,曾把自己的盾牌作为胜利的标志钉在帝城的大门上,此后得绰号先知——有魔力的人。
② 一度在与基辅时代的俄罗斯接壤的一些地区居住过的游牧民族。
③ 古斯拉夫的主神——雷电之神。

把真实的一切告诉我吧,不要害怕:
作为酬谢,任你挑选一匹好马。"

"占卜术士不会害怕强大的统领,
　　　他们无需公爵的赠礼;
他们那预见的话语流畅而率真,
　　　表达的是上天的旨意。
未来的岁月本融化在晦冥中,
但在你闪亮的额际我看到你的运命。

"记住此刻我说的话吧:
　　　统领的快乐在于荣光;
你将由于得胜而名扬天下;
　　　你的盾将挂在帝城的大门上;
海洋和大陆都将听命于你;
敌人也将嫉妒你命运的神奇。

"不论是在不祥的恶劣天气
　　　蓝色大海掀起的滔天浪峰,
不论是阴险的短剑,弓箭,或石器,
　　　都不忍损伤胜利者的性命……
有凛凛铠甲在身,你不会受伤;
一个无形的护卫者伴随在勇士身旁。

"你的骏马不怕危险的拼劈;
　　　它能领会主人的意愿,
时而在敌人的箭雨下驯顺而立,
　　　时而在沙场上勇往直前。
它不怕厮杀,也不怕寒冷……
但你终将由于你的战马而丧命。"

〔俄〕什马里诺夫 作

奥列格微微一笑,不过由于沉思
　　他的前额和眼神变得阴郁。
他默然不语,手扶着鞍子
　　跳下了马,满面愁绪;
他告别自己忠实的朋友,
拱起的马颈在他的抚摸下颤抖。

"别了,我的伙伴,我忠实的仆人,
　　我们分别的时刻已经来临;
你就休息吧!我的足不会再伸进
　　你那金黄色的脚蹬。
别了,别难过,也别把我忘记。
你们,童仆朋友,请把马牵去,

"给它披上茸茸的毛毯的马被;
　　拉着缰绳牵往我的草场;
常给它洗澡;给它饮清泉的水;
　　用上等谷物将它喂养。"
童仆们立刻将骏马牵了去,
并给公爵牵来别的马一匹。

英明的奥列格同自己的部下,
　　开怀畅饮,杯声丁当。
他们的鬈发宛如清晨的雪花
　　闪烁在光荣的墓丘顶上……
他们把过去的时日回忆,
也回忆起共同厮杀的那些战役……

"我的伙伴在哪儿呢?"奥列格低声说,

"请告诉我,我的烈马在哪里?
它可好吗? 可还是那么性烈,那么活泼?
　　它的步子可还是那么轻疾?"
于是他听到回答:在那陡峭的山冈上
它很久以前就已经进入长眠的梦乡。

英明的奥列格低下了头,
　　不禁想道:"占卜有什么应验?
骗人的占卜者,疯老头,该受诅咒!
　　我悔不该听信你的预言!
否则我的马至今还会为我服务。"
接着,他想看一看马的尸骨。

英明的奥列格上了马,离开庭院,
　　伊戈尔王子和老年宾客们随同前往,
他们在第聂伯河边果然看见
　　高贵的马的尸骨横在山冈上;
雨水把它们冲洗,灰尘把它们覆盖,
丛生的野草在微风吹拂下摇曳。

公爵轻轻地踩着马的骷髅,
　　说道:"安睡吧,孤独的友伴!
你的老主人总算活得比你长久:
　　虽然离追荐他的酒宴也已不远,
斧下丧命、染红野草的将不是你,
不需你的热血把我的骨灰浸湿①!

难道这枯骨威胁着我的生命!

---

① 俄罗斯古时的习俗:如果勇士死了,人们就杀了他的坐骑,把它同主人葬在一起。

　　　　难道这里藏匿着我的死亡!"
正在这时,从死马的头壳中
　　　钻出一条毒蛇,咝咝作响;
像条黑色的带子,把奥列格两腿缠绕,
公爵突然被咬得痛苦地惊叫。

在追荐可怜的奥列格的酒宴上,
　　　圆形的酒罐泛起泡沫,咝咝有声:
伊戈尔①王子和奥尔加②坐在山冈;
　　　公爵的部下在河边交相把盏;
战士们把过去的时日回忆,
也回忆起共同厮杀的那些战役。

---

① 留里克之子,其保护人奥列格死后,继基辅大公之位。
② 伊戈尔王子之妻。

给一个希腊女郎*

你来到人世就是为了
把诗人们的想象点燃,
你以那活泼亲切的问候,
你以那奇异的东方语言,
你以那放荡不羁的玉足
和那晶莹闪亮的眼睛
使他心乱神迷和折服,
你为了缠绵的愉悦而生,
为了激情的陶醉而降。
请问——当莱拉的赞美者①
把自己永不改变的理想
描绘成神圣的天国,
那折磨人的可爱的诗人
莫不是在把你的形象描画?
也许,在那遥远的国度,
在神圣的希腊的天空下,
那充满灵感的受苦人
认出或看见了你,犹在梦中,
于是在他心灵的深处
便珍藏了你那难忘的倩影?

---

* 希腊女郎指卡里普索·波丽赫隆尼,希腊暴动时她与本国的一些朋友从君士坦丁堡逃到基希尼奥夫,传说她曾是拜伦心爱的人。
① 指英国诗人拜伦。莱拉是他的长诗《异教徒》的女主人公。普希金对该诗的评价很高。

那魔法师也完全可能
以美妙的琴声诱惑了你；
你那一颗自尊的心
便不知不觉不住地颤栗，
于是你偎依在他的肩头……
不,不,我的朋友,我不愿
由于幻想而怀有嫉妒的情焰；
幸福早已与我无缘,
而当我再次把幸福得到，
又不由地暗暗为忧思所苦恼，
我担心:凡可爱的都不可靠。

致雅·尼·托尔斯泰函摘抄*

你还燃烧吗,我们的明灯①,
宴会和彻夜不眠的伴侣?
你还沸腾吗,金灿灿的酒盅,
在愉快的爱说俏皮话者手里?
欢乐之友,维纳斯和诗的友人,
你们是不是还一如当年?
醉酒的时刻,爱情的良辰,
是否一如既往,应着闲散、
慵懒和自由的召唤飞临?
在寂寞的流放中,我的心
无时不燃烧着贪婪的热望,
在回忆中飞往你们的身旁,
我想象着,我看到了你们:
瞧,就是它,那好客的地方,
爱情和自由的缪斯栖留之乡,
在那里,我们曾以彼此的誓盟
同这一切结下了永久的联系,
在那里,我们体会到友谊的幸福,

---

* 这首诗是一八二二年九月二十六日普希金从基希尼奥夫给雅科夫·托尔斯泰的信的一部分,在这样几行的下面:"你,我的所有的同学、转瞬即逝的青春时代的转瞬即去的朋友之一,你还记起了我……两年六个月了,我得不到他们的任何消息,谁也没有一行字,一句话……"雅·托尔斯泰是政治性的秘密团体"绿灯社"创始人之一。

① 指"绿灯社"。

在那里,头戴椭圆帽,平坐平起,
我们围着圆桌,亲切和睦;
在那里,我们可为所欲为
喝不同的酒、说想说的话,
交换趣闻,唱顽童的歌;
美酒、戏谑、一个火花
就燃着了我们的辩论之火。
忠贞的诗人啊,我的耳边
你们那迷人的话又在回荡……
请你们给我斟杯彗星酒①,
卡尔梅克②,你来祝我健康!

---

① 一八一一年(出现彗星之年)出产的一种香槟酒,以其独特的高质量著称。
② 此处指端盘子的童仆。按照传统习惯,凡在座的人有谁"吐出""庸俗的话"时,这童仆就给他倒酒,并且说"祝您健康"。但据托尔斯泰回忆,这种事普希金从未遇到过。

* * *

令人心醉的往日的亲人,
编造戏谑和悲惨故事的友伴,
我在自己人生的初春结识了你,
那时候充满了最初的欢乐和梦幻。
我等着你;在幽静的傍晚
你,快活的老妇①,来到面前,
穿着短袄,戴着大眼镜,
拿着好玩的响铃铛,坐在我旁边。
你一面摇着摇篮,一面为迷住
我幼年的听觉而低声唱歌,
并在襁褓中留下了芦笛,
这芦笛也受到了你的迷惑。
幼年逝去了,宛如缥缈的梦。
你爱过这无忧无虑的少年,
在庄重的缪斯中,他只把你思念,
而你也悄悄地去探望他的容颜;
难道这就是你的形象,你的穿戴?
你多么可亲,你又变得多快!
你的微笑里燃烧着怎样的火焰!
亲切的目光闪出何等炽热的光彩!
外衣就像是不驯的波澜,

---

① 这里的"快活的老妇"的形象,体现着普希金最初的诗才,他显然把他的奶娘阿琳娜·罗季翁诺夫娜和他的外婆马利亚·阿列克谢耶夫娜·汉尼拔结合在一起了;因为后者教会了他读写俄文,喜欢给他讲古代和祖先的故事。

微微遮盖着你轻盈的身躯；
你满头鬈发，戴着花冠，
芳香四溢，多么富有魅力；
在黄珍珠项链下，你白皙的胸脯
泛着红润，在微微颤栗……

给阿捷里*

玩儿吧,阿捷里,
管它什么忧郁;
卡里忒斯和列丽①
把花冠赐给你,
而且还轻摇过
你的摇篮;
静谧而明媚啊——
你的春天;
你来到人世
就是为了享乐;
这欢欣的时刻
切莫,切莫放过!
把少年的岁月
都献给爱情,
爱吧,阿捷里,
在世界的嘈杂声中
爱我的芦笛。

---

* 这首诗系写给亚·里·和阿·安·达维多夫夫妇的女儿阿捷里·亚历山德罗夫娜的,普希金在卡敏卡遇见她的时候,她十二岁。
① 按照当时的错误观念,此系古斯拉夫的爱神。实际上只不过是歌中的一个重唱词而已。

囚　徒*

我坐在铁栅里阴湿的牢房中,
窗前,一只不自由的年幼的鹰——
我的忧伤的伙伴,一边展翅,
一边把血淋淋的东西啄食。

它啄啄停停,又望望窗外,
仿佛它跟我想到了一块。
它用目光和叫声呼唤着我,
"我们飞走吧!"它想对我说。

"我们是自由的鸟儿;是时候了,弟兄!
飞往乌云后泛白的山峰,
飞往泛着蓝色的宽阔的海洋,
飞往只有风……和我漫游的地方!"

---

* 普希金在自己的日记中这样记载着一八二一年参观监狱的情况:"在基希尼奥夫监狱庭院里,喂养着一只禁锢的雏鹰。"

给弗·费·拉耶夫斯基[*]

你是对的,我的朋友——我不该
　　对宽厚的自然的赐予厌恶。
我知道闲散和无忧的缪斯的命运,
　　也知道什么是慵懒的享乐,

轻浮的女人的美,珍贵的筵席,
　　还有那疯狂地作乐的喊声,
文静的缪斯的瞬间的赠礼
　　和传诵的轰动一时的光荣。

我知道什么是友谊——我献给了它
　　青春时代的轻浮的年华,
在享有自由的良辰和欢乐的时刻,
　　在酒宴上,我信任过它。

我知道什么是爱情,它不是
　　忧郁的愁思,不是无望的迷误,
我知道,爱情就是美好的理想,
　　是陶醉,是心满意足。

离别了年轻人聚谈的闪光和喧响,

---

[*] 这首诗是对给过普希金不少影响的十二月党人弗·费·拉耶夫斯基的《狱中的歌手》一诗的答复。

　　　　我知道了什么是工作和灵感，
我是多么地喜欢热烈的思想
　　　　那远离人世的激动的波澜。

都过去了！——心头的血已经变冷。
　　　　世界、生活、友谊和爱情，
如今我看到了它们的真面目，
　　　　对伤感的阅历也万般憎恨。

活泼的性格失去了自己的迹印，
　　　　心灵的麻木愈益显明；
它已没有知觉。如林中的一片轻叶
　　　　在高加索的泉水里渐渐变硬。

脱下偶像那迷人的袈裟，
　　　　我看见了一个丑陋的幽灵。
然而如今是什么把这冰冷、麻木、
　　　　无聊的心灵世界搅得不宁？

难道它先前对于我真的是
　　　　那么美好和那么威严，
难道在它那可耻的深处
　　　　我的光明的心得到过温暖！

年轻的狂人在它那里看到了什么，
　　　　探寻过什么，有何渴求，
他对谁，对谁曾以崇高的心灵
　　　　顶礼膜拜而不觉得害羞！

在冷漠的人群面前，我说着

一种自由的真理的语言，
但是对凡庸愚昧的人群来说，
　　　高贵的心的声音却可笑到极点。

　　　　　～～～～～

到处是重轭、刀斧或者桂冠，
　　到处是恶棍或者沮丧的人，
暴君　　　　　　伪君子，
　　或者带偏见的奴隶，俯首听命。

　　　　　　　　　——以上王守仁译

小　鸟*

身处异乡，我十分忠实
把祖国往昔的风俗遵守，
在和煦的春天的节日，
让一只小鸟重获自由。
我心里已感到几分满足，
何苦对上帝抱怨命运，
我能把自由作为礼物，
赠给一个活着的生灵！

---

* 普希金于一八二三年五月十三日致格涅吉奇的信中，问他是否知道俄国农民在"和煦的"春日，即复活节那天把小鸟儿从笼中放出的风习，并补充说："这就是给你的关于这件事的诗。"

* * *

波涛呵,是谁阻止你的奔泻?①
是谁锁住你的滔滔巨澜?
把你汹涌翻腾的浪花千叠,
化作无声无息的死水一潭?
是谁手中的魔杖轻挥,
扫去我的希望和悲欢,
用松懈、怠惰和懒散
使我激动的心昏昏欲睡?
风啊,呼啸吧,掀动满池波涛,
把毫无生机的碉堡摧毁!
你在哪儿,雷霆——自由的征兆?
快隆隆滚过这潭禁锢的死水!

---

① 这首诗普希金没有写完;倒数第二行"自由"一词缺,这里是由俄文版编辑据诗的原意加上去的。

夜

我的对你亲切而又懒散的声音
搅乱了沉沉长夜的无言的寂静。
悲伤的蜡烛燃烧在我的床头,
我的诗句像条条爱河向一处汇流,
流水潺潺,到处映现着你的倩影,
夜色里,你在我的面前目光炯炯,
我凝视你的笑容,倾听你的絮语:
我的朋友,我是你的……我爱你,我的情侣!

* * *

真羡慕你呵,勇敢的大海的养子,①
涛声帆影里花白了双鬓。
你是否早已找到平静的港湾——
品尝短暂的欢乐和安宁——
迷人的波涛又声声把你呼唤,
来吧,我们胸中充满同样的激情。
抛下这衰朽的欧罗巴的海岸,
奔向海角天涯,奔向迢迢远方;
我要另觅新境,这儿我已厌倦,
向你致敬呵,自由的海洋!

---

① 这首诗为未定稿。

＊　＊　＊

　　　　孩子一般怀着美好的愿望,
我一度相信灵魂不会腐朽,
它将把记忆、爱情和永恒的思想
一股脑儿带进万丈深谷——
我发誓！我已经无所留恋：
早该砸碎生活和畸形的偶像,
飞往自由和欢乐的国土,
那儿没有死亡,没有偏见,①
只有思想在明净的天宇翱翔……

　　　　然而,我枉自信赖虚妄的梦想,
理智仍在坚持,对希望不屑一顾,——
坟茔那边等待我的是一片虚无。……
怎么,只有虚无！没有初恋,没有思想！
多可怕……我再度苦苦地凝视人生,
但愿我健在,让光彩熠熠的芳容
在我忧郁的心中永远浮动、珍藏！

---

① 第一稿中,这一行稍有不同,带有政治色彩:"在那儿,没有偏见,没有镣铐。"甚至更尖锐:"在那儿,没有沙皇……"

恶　魔

那时候,所有现实的印象
对我来说都很新奇——
少女的秋波,丛林的喧响,
夜阑时分夜莺的鸣啼,——
那时候,崇高的情愫,
自由、荣誉和爱情,
以及激动人心的艺术,
强烈地使人热血沸腾,——
希望和欢乐的时光,
被突然而来的烦恼罩上阴影,
那时,有一个凶恶的幽灵
就开始悄悄地把我拜访。
我们的相逢令人感伤:
他的笑容,他怪异的眼神,
他的刻薄尖酸的话语,
把冷酷的毒汁注入人心。
他用滔滔不绝的流言蜚语
使未来的岁月变得黯淡;
他把美德称为虚无,
他轻蔑地对待灵感,
他不相信自由和爱情,
他对生活冷嘲热讽——
自然界的万事万物,
都休想得到他的祝福。

＊　＊　＊

你肯宽恕么,我嫉妒的幻梦,①
我的爱情的失去理智的激动?
你对我是忠实的,可为什么
又常使我的感情饱受惊恐?
置身于大群爱慕者的包围圈里,
你为什么对一切人都那么亲昵,
让所有的追求者希望空萌,
时而目光奇特,时而温柔,时而忧郁?
你驾驭了我,使我失去理性,
你对我不幸的爱情深信不疑。
你没看见,在那群狂热者中间,
我落落寡合,茕茕孑立,默默无语,
忍受着孤独和苦闷的熬煎,
你不置一词,不屑一顾,无情无意!
我有意回避,你照样爱理不理,
眼神里没有祈求,没有疑虑。
如果另有一位美貌少女
和我亲昵地娓娓交谈,
你依然是那样无动于衷,
愉快的指责使我心灰意懒。
请问:当我那位终身的情敌

---

① 这首诗是诗人写给自己最迷恋的妇女之一,维也纳银行家里普的女儿阿马利亚的。她嫁给了商人利兹尼奇并于一八二三年和她的意大利母亲一起来到敖德萨,诗人就是在这里和她认识并爱上她的。

和我们俩面对面地相遇,
为什么他狡狯地向你致意?
他是你什么人?你说,他凭什么
脸色苍白、满怀猜忌?
从夜晚到黎明这段敏感的时辰,
母亲不在,你独自一人,衣衫半披,
又为什么要把他迎进家门?
我知道你爱我,和我在一起,
你那样情意绵绵,你的甜吻
火一样热!你的动情的话语
那么真诚地发自你的内心!
你觉得我的苦恼滑稽有趣,
但是你爱我,我对你理解,
我的爱侣,求你别再使我伤心:
你不知道,我爱得多么强烈,
你不知道,我痛苦得多么深沉。

*　　*　　*

　　　　一个撒种的出去撒种。①

　　　　我是荒野上自由的播种人,②
出发在晨星未露的时候;
撒下生机旺盛的良种,
用我纯洁无辜的双手,
撒在饱受蹂躏的田垄。——
而我失去的却是岁月悠悠,
却是可贵的思考和劳动……

　　　　吃草为生吧,和睦的人们!
你们不会听见正义的召唤。
干吗要把自由赠给畜生?
它们本应听凭宰割或摧残。
挂着响铃的重轭和长鞭,
才是它们世代因袭的遗产。

---

① 引自《马太福音》。
② 普希金在一八二三年十二月一日写给他的家庭的老友亚历山大·伊凡诺维奇·屠格涅夫(1784—1845)的信中附上歌颂法国革命胜利的《拿破仑》一诗中"精彩的"但未经审查的诗行,当时普希金不无讥讽地说:"这是我最后一篇胡言乱语了,现在我已后悔不迭,并于近日写成一篇仿中庸的民主主义者耶稣的寓言。"

给大公夫人马·阿·戈里琴娜[*]

对她的缠绵不断的眷念
早已在我的心底深藏。
她那瞬息即去的顾盼
使我久久地欣喜若狂。
我反复吟咏动人的诗句。
我的诗句清新而忧伤。
她亲切地再三吟诵,
一字字把她的心弦拨动。
而今,她这样地一往情深,
又在听泪水与幽怨的竖琴,
把自己哀婉动人的心曲
一声声向它倾诉不已……
好了!怀着几分骄矜,
我感激地这样沉思:
我的荣誉甚至灵韵
都应该归功于她的恩赐。

---

[*] 这首诗是写给马利亚·阿尔卡吉耶夫娜·戈里琴娜(1802—1870)的。她是亚·瓦·苏沃洛夫元帅的孙女,普希金在流放之前已与她相识,显然在敖德萨再度重逢。相聚时,她为诗人背诵了他的"泪水与幽怨的竖琴"的创作——吟唱了谱成曲调的诗人哀婉的诗章。

生命的驿车

尽管有时满载着重荷,
生命的驿车仍急如星火;
鲁莽的车夫——白发的时间
驾车飞驰,永不离座。

清晨,我们坐进车里;
快马加鞭,兴高采烈,
我们蔑视懒惰和安逸,
一路高喊:"快些!……"

中午时分,那股锐气大减;
颠簸的驿车叫人提心吊胆,
翻过陡坡,穿越沟涧,
不住地叫喊:"当心,笨蛋!"

驿车照旧奔驰不息,
傍晚,我们才稍稍适应:
睡意蒙眬来到过夜地:
时间老人继续策马前行。

——以上杜承南译

在米哈伊洛夫斯克村

1824—1826

* * *

一

皇宫前肃立的卫兵睡意矇眬,①
皇宫中北方的君王独自一人
默默无言,彻夜不眠,大地的命运
在他统管全局的大脑中纷至杂呈,
　　令他感到应接不暇,
无声的禁锢是他给世界的馈赠。

二

君王对自己的勋业深感惊讶,
功德无量啊!他想,两眼巡视天下,
从台伯河的屏障到维斯瓦、涅瓦,
从皇村的菩提到直布罗陀的高塔:
　　万物静待天塌地陷,
万众匍匐——头颅低垂在重轭之下。

---

① 这是一首政治诗,反映了普希金痛苦的思考。当时,许多欧洲国家的民族解放运动遭到以沙皇为首的神圣同盟的镇压,反动势力乘机抬头,它们的势力扩展到整个欧洲大陆,从意大利台伯河屏障(台伯河岸的高地,罗马城即建于此)和西班牙(直布罗陀的高塔)到波兰(维斯瓦河,在波兰境内)、彼得堡(涅瓦河)和皇村(亚历山大的官邸)。

三

"大功告成!"他喃喃自语,"已经很久啦,
世上各族人民颂扬伟大偶像的坍塌!
……………………………………………
……………………………………………
……………………………………………
……………………………………………

四

衰老的欧罗巴会不会长久盛气凌人?
新的希望已在德意志的胸中沸腾。
奥地利风雨飘摇,那不勒斯义旗高擎,
自由很早就紧依比利牛斯山群峰
　　掌握人民的命运?
难道只有北方总在那里实行专政?

五

很久了吧?——你们在哪儿?自由的创始人?
好了,去展开辩论,去寻求天赋人权吧!
聪明的哲人啊,去鼓动蠢笨的人们,
请看恺撒!布鲁图在哪儿?威严的雄辩家!
　　请你们亲吻俄罗斯的权杖,
亲吻这蹂躏过你们的钢铁脚掌!"

六

话音刚落,隐约飞来一个幽灵,
飞飞停停,从身旁掠过,踪影难寻。
料峭寒意紧裹着北方的国君,
他惶惑不解,凝视皇宫的大门——
　　　午夜的战斗已有所闻——
瞧,一位不速之客出现在宫廷。

七

这就是那位天庭使者,人世精英①,
他注定来执行不可知的天命,
连沙皇都要对这位骑士鞠躬致敬,
　　　叛逆的自由的继承者和元凶,
　　　这吸血鬼冷酷无情。
这国君倏忽即逝,像梦幻,像朝雾暮影。

八

无论是好逸恶劳,懒散的皱纹,
无论是步履蹒跚,早斑的双鬓,
无论是暗淡的目光,悒郁的眼神,
都无法证明他这被流放的英雄,
　　　会按照沙皇的命令
在大海里受着可怕的孤寂的严惩。

---

① 指拿破仑。

九

啊,他的目光诡异,机灵,捉摸不定,
忽而凝视远方,忽而炯炯有神,
　　像雷神英姿勃发,像闪电辉耀长空;
　　正处在才华、精力和实权的顶峰,
　　这位西方的国君
将是威震北方君王的统领。

十

这就是他:在奥斯特利兹平原①,
横扫一切,猛追北方的联军,
　　俄国人头一回这样狼狈逃窜。
这就是他:带着得胜者的协定,
　　带着耻辱,带着和平,
在蒂尔西特,出现在年轻沙皇的面前。②

---

① 拿破仑在此击溃俄奥联军。
② 亚历山大一世在此被迫与拿破仑签订和约,将半个普鲁士拱手奉送。

致雅泽科夫[*]

（米哈伊洛夫斯克，1824）

古往今来，有条美好的纽带，
把诗人们相互紧紧相连：
他们献身于同一个缪斯，
同一团火在他们心中炽燃。
虽然彼此有着不同的命运，
同样的灵感却使他们亲近，
凭奥维德的英灵起誓：
雅泽科夫啊，我们心连着心。
仿佛很早了，就在某一个黎明，
我走在德尔普特大道上，
带着我的古朴的手杖，
跨进那扇好客的房门，
归来时，心情多么喜悦，
想着那无忧无虑的岁月，
想着那音韵悠扬的竖琴，
和那海阔天空的娓娓的谈心。
可是幸运总和我作对，
我长年漂泊，无靠无依，
听凭专制政权的摆布，
睡时还不知醒来身在何地。

---

[*] 尼古拉·米哈伊洛维奇·雅泽科夫（1803—1846），俄国诗人。普希金未见其面即慕其名，对他的诗评价很高。雅泽科夫曾写《致普希金》一诗，对诗人表达了自己的仰慕之情。应普希金邀请，一八二六年六月去三山村与诗人会晤。

终年流放,饱受熬煎,
如今仍身陷图圄,度日如年。
诗人啊,你可听见我的呼吁?
千万别辜负我长久的心愿。
在这山野小村,我的外曾祖,
彼得大帝抚养成人的黑奴,
沙皇夫妇一度宠爱
随即忘在脑后的黑奴,
曾经默默地隐居在这里,
在这里,他把伊丽莎白忘记,
连同宫廷和动听的甜言蜜语,
置身于菩提树的绿荫下,
他思念在凉爽宜人的夏季
云山阻隔的阿非利加,——
我就在这里等待着你。
你会注意到在乡野的草舍里
我的知心的同胞兄弟,
一个小淘气会跑出来拥抱你;
众位缪斯的杰出的代言人,
杰尔维格会把一切留给我们,
这流放生涯的阴暗角落,
我们三人将使它遐迩驰名。
我们将愚弄监视的哨兵,
同声赞扬自由的赠礼,
我们将抒发青春的豪情,
闹闹嚷嚷,开怀畅饮,
让朋友们凝神倾听
杯盏的叮当,诗歌的音韵,
让我们用美酒和乐曲
驱散漫漫冬夜的凄清。

书商和诗人的谈话*

书 商

写诗对您不过是消遣,
您只要小坐那么片刻,
马上就会有风云舒卷,
马上就会有喜人的传说:
据说一部长诗业已告成,
智慧的杰作的最新结晶。
事情就是这样,请您开个价;
我这里恭候您的决定。
缪斯和美惠女神的宠儿,
您的诗,我们立刻换成现金。
我们要把您的一页页诗稿
变成一摞摞手边的钞票⋯⋯
您干吗要长吁短叹,
您能否告诉我?

---

* 普希金是第一个把整个文学活动当成主要事业的俄国作家。这在当时就是具有历史意义的进步的现象。使作家从物质上摆脱了一切保护人。由于长久以来根深蒂固的观念,普希金最初还羞于承认其作家的"职业"。后来诗人为维持生计而鬻诗卖文,才相信这是他的独立和自由的保证。普希金赋予这首诗以特别的意义,并将其置于《叶甫盖尼·奥涅金》第一章卷首,作为这部诗体小说别具一格的序言,说明诗人对待现实的一种新的"实用的"态度。

诗　人

　　　　　我一直在琢磨；
我想起了一段往事。
我这个无忧无虑的诗人
曾满怀希冀，凭灵感写诗，
从来没想到什么酬金。
我依稀重见山乡的蜗居，
我那孤寂阴暗的斗室。
在那儿，我出席幻想的华筵，
还常常邀请诗神缪斯。
那儿，我的声音更甜润；
那儿，明丽可爱的幻影，
妩媚动人，难以言语形容，
在我的头上鼓翼飞动，
每当灵感横溢的夜晚……
一切都激动着我柔弱的心：
皎洁的月华，绿油油的草坪，
破旧教堂里的雨骤雷鸣，
老奶奶神奇的传说轶闻。
曾经有那么一个仙魔，
窃取了我仅有的欢娱；
他总在我的身后飞翔，
对我低诉着奇异的话语，
那时候，在我的头脑里
充满滚烫的沉重的病痛；
于是离奇的幻想随之诞生；
我的百依百顺的诗句
铿锵有致，天衣无缝。

我的整齐和谐的对手就是
森林的喧闹,山风的呼啸,
黄鹂的婉转动情的啼啭,
夜晚大海轰隆隆的怒涛,
小河流水的细语绵绵。
我宁肯默默无闻地劳动,
也不愿和世人一起分享
火焰一般炽热的欢欣。
我不屑到市场待价而沽,
拍卖缪斯的美好礼品;
我宁愿悭吝地把礼品守护:
正如一位痴情的恋人,
怀着一种默默的骄矜,
珍藏年轻意中人的馈赠,
让它避开虚情假意的眼睛。

书 商

但是您的声名已经取代
您的隐秘的幻想的欢愉:
您从一只手转入另一只手,
而同时有多少尘封灰积、
束之高阁的诗篇和散文
正眼巴巴地期待着读者,
和那飘忽莫测的好评。

诗 人

这种人是幸福的,他若能
把心灵的崇高创造珍藏,

而不想得到人们的赞赏,
像不想从墓地得到回音!
这种人是幸福的,他默默地
摆脱了名缰利锁的羁绊,
也早为市井小民所忘记,
并将无声无息地告别人间!
比希望的梦更诱人的声誉
究竟是什么?读者的窃窃私议?
无耻小人的横加迫害?
或是无知蠢人的赞叹不已?

书　商

拜伦勋爵有过这种主张;
茹科夫斯基说的也完全一样;
但世人还是要买光
他们的音韵美妙的诗章。
您的命运确实令人钦羡:
诗人可以笔伐,也可礼赞;
永恒的利箭的雷霆若干年后,
仍将把作恶的歹徒射穿;
他使英雄们心旷神怡;
他让意中人和科利娜一起,
高高地登上西色拉的宝座。
众口称赞使你深感烦腻;
但女人的心爱慕虚荣:
为她们执笔吧;她们爱听
阿那克里翁的谄媚的话语:
当我们青春年少,蔷薇
比赫利孔的月桂更加珍贵!

诗 人

一个个自我欣赏的梦境,
不过是无知少年的欢快!
我生活在喧嚣的激流中,
也曾想赢得美人的青睐,
那含情脉脉的迷人的眼睛
带着爱的微笑诵读我的诗文;
那令人销魂的一对对嘴唇
把我的美妙诗句对我低吟……
够了!没有哪个梦想家
愿牺牲自由为她们献身;
让年轻人去歌唱美人吧,
他们是大自然的骄子。

她们与我何干?如今我幽居荒村,
一任生活默默地流逝;
我忠心耿耿的竖琴的呻吟
不会触动那些轻佻的心灵;
她们的想象失去了纯真,
她们无法理解我们。
对于天上的幻影——灵感,
她们觉得荒唐而又陌生。
有时,每当我不禁忆起
她们信笔抒写的诗行,
就难免面红耳赤,十分羞愧,
我羞于看到自己的偶像。
我这不幸的人啊,在追求什么?
对谁把骄傲的头颅低垂?
 满怀纯真的思想的欢乐

我朝谁顶礼膜拜而无愧无悔?

书　商

我赞赏您的义愤,这才算诗人!
您的这样那样恼怒的原因
我并不知情;但是当真
标致的妇女你无一看中?
难道没有任何一位女子
配得上您的灵感和激情?
并以她的盖世的美色
赢得您的歌,带给您欢欣?
您不做声?

诗　人

　　　沉重的梦幻
为什么要让诗人心烦?
任他忍受记忆的熬煎。
怎么啦?这与世人何干?
我与世无争!我的心中
可曾留下难忘的倩影?
我可曾品尝过爱情的芳馨?
可曾忍受过痛苦的折磨,
泪珠儿往肚里流个不停?
她的眼睛像头上的碧空
对着我微笑,她在哪儿?
一两个夜晚就是我的一生?
……………………………
这又何妨?恋人的无病呻吟呵,

我说的话在她们看来,
不过是狂人的胡言乱语。
那儿,只有一颗心能够理解,
而那颗心又在痛苦地颤栗:
命运呵已经这样决定。
唉,每当我想起那颗憔悴的心,
我的青春便会再度苏醒,
逝去的诗情盎然的幻梦
便会纷至沓来,扰我平静!……
惟独她一人能够理解
我的朦胧含蓄的诗情:
惟独她一人在我心中燃烧,
像一盏纯洁的爱的明灯!
唉,枉费心机的愿望!
她已经拒绝了我心灵的
恳求,心灵的祈祷和痛楚:
俨然是天庭的神祇,
无需尘世间欢乐的吐露!……

书 商

原来,爱情使您厌倦,
流言蜚语使您揪心,
您过早地摈弃了您的
洋溢着灵感的竖琴。
而今,抛下喧嚣的尘世,
把缪斯和轻浮的时尚抛丢,
您将把什么挑选?

诗　人

　　　　　自由。

书　商

妙极了。请听我良言相劝；
要记取这则有益的真理：
世纪像商贩；在这铁的世纪，
没有钱，便毫无真理可言。
什么是荣誉？……对歌手
陈年旧货的慷慨付款！
我们需要金钱！金钱！金钱！
黄金万两，源源不断！
我预见到您会据理反驳；
可我对您了如指掌，先生：
您非常珍视自己的创作，
当您的想象奔涌，沸腾，
创作的火焰愈燃愈猛；
一旦激情冷却，那时刻，
您就会对自己的作品厌恶。
请容我向您直言相告：
灵感不能拿出来兜售，
但是手稿却可以卖掉！
何必迟延？性急的读者，
早已频频向我催问；
记者也常常光临书店，
再就是瘦骨伶仃的文人。
有的来寻求讽刺的精品，

有人为笔,有人为心,
我承认,——我已经预见
滚滚财源来自您的竖琴。

诗　人

您言之有理。这是我的手稿,给你。一言为定。①

---

①　这最后一句是散文。

致 大 海[*]

再见了,奔放不羁的元素!
你碧蓝的波浪在我面前
最后一次地翻腾起伏,
你的高傲的美闪闪耀眼。

像是友人的哀伤的怨诉,
像是他分手时的声声召唤,
你忧郁的喧响,你的急呼,
最后一次在我耳边回旋。

我的心灵所向往的地方!
多少次在你的岸边漫步,
我独自静静地沉思、徬徨,

---

[*] 这首诗的写作与诗人由敖德萨去米哈伊洛夫斯克有关;在敖德萨开始写,在米哈伊洛夫斯克完成(关于拿破仑和拜伦的诗节)。普希金居留敖德萨期间,曾急欲从流放地逃走,从海上偷渡出国。

为夙愿难偿而满怀愁苦!

我多么爱你的余音缭绕,
那低沉的音调,深渊之声,
还有你黄昏时分的寂寥,
和你那变幻莫测的激情。

打鱼人的温顺的风帆,
全凭着你的意旨保护,
大胆地掠过你波涛的峰峦,
而当你怒气冲冲,难以制服,
就会沉没多少渔船。

呵,我怎能抛开不顾
你孤寂的岿然不动的海岸,
我满怀欣喜向你祝福:
愿我诗情的滚滚巨澜
穿越你的波峰浪谷!

你期待,你召唤——我却被束缚;
我心灵的挣扎也是枉然;
为那强烈的激情所迷惑,
我只得停留在你的岸边……

惋惜什么呢?如今哪儿是我
热烈向往、无牵无挂的道路?
在你的浩瀚中有一个处所
能使我沉睡的心灵复苏。

一面峭壁,一座光荣的坟茔①……

---

① 指圣海伦那岛。

在那儿,多少珍贵的思念
沉浸在无限凄凉的梦境;
拿破仑就是在那儿长眠。

他在那儿的苦难中安息。
紧跟他身后,另一个天才,
像滚滚雷霆,离我们飞驰而去,
我们思想的另一位主宰①。

他长逝了,自由失声哭泣,
他给世界留下了自己的桂冠。
汹涌奔腾吧,掀起狂风暴雨:
大海呵,他生前曾把你礼赞!

你的形象在他身上体现,
他身上凝结着你的精神,
像你一样,磅礴、忧郁、深远,
像你一样,顽强而又坚韧。

大海呵,世界一片虚空……
现在你要把我引向何处?
人间到处都是相同的命运;
哪儿有幸福,哪儿就有人占有,
不是教育,就是暴君。②

再见吧,大海! 你的雄伟壮丽,

---

① 指拜伦。他乘战船去希腊,与揭竿而起的希腊人民并肩战斗,不久因病于一八二四年四月与世长辞。
② 这是卢梭的一个命题,被理想主义者们所继承,这就是:"教育"——欧洲的私有者的文化——一切邪恶的源泉和回归"自然"的生路。

〔俄〕列宾 作

我将深深地铭记在心；
你那薄暮时分的絮语，
我将久久地久久地聆听。

你的形象充满了我的心坎，
向着丛林和静谧的蛮荒，
我将带走你的岩石、你的港湾，
你的声浪，你的水影波光。

* * *

呵,我戴上了枷锁,玫瑰姑娘,①
但戴你的枷锁,我无愧于心。——
正如森林里的百鸟之王,
那只月桂树丛中的夜莺,
靠近孤芳自赏的玫瑰
失去了自由,却得意洋洋,
在令人沉醉的茫茫夜色里,
情意绵绵地为她歌唱。

---

① 这首诗第一次发表时副题是:《仿土耳其歌谣》。

葡 萄

　　我不再为早谢的玫瑰伤感,
　　它随短暂的春光一同枯萎;
　　熟透的葡萄真叫我喜欢,
　　它在山野枝蔓间果实累累。
　　它是金黄色秋天的欢欣,
　　把山谷打扮得多彩多姿,
　　葡萄颗粒那么圆、那么晶莹,
　　多像妙龄少女的纤纤玉指。

* * *

夜晚的和风①
荡过长空,
瓜达尔基维尔河②
奔流不息,
一片喧腾。

天上升起了金色的月亮,
嘘,安静点……吉他轻弹……
一位西班牙的年轻女郎
身体微倾,斜倚在阳台边。

夜晚的和风
荡过长空,
瓜达尔基维尔河
奔流不息,
一片喧腾。

摘下面纱吧,亲爱的天使,
露出你丽日般明媚的容颜,
伸出你妙不可言的小脚儿,
伸到你身前的铁栏栅外面。

---

① 这首诗首次刊登于《1827年文学一瞥》,题为《西班牙的浪漫曲》,同时刊有阿·尼·维尔斯多夫斯基为这首爱情诗谱的曲。
② 西班牙河流名。

夜晚的和风
荡过长空，
瓜达尔基维尔河
　奔流不息，
　一片喧腾。

* * *

阴沉的白昼隐去,阴沉的夜晚
用铅灰色的云幕遮住了长空;
月亮像个幽灵,朦朦胧胧,
　　　在密密的松林后面闪现……
这一切使我不禁黯然神伤。
远处,明月冉冉升起,在空中高挂,
那儿,空气中洋溢着夜的馨香,
那儿,大海在湛蓝色的天穹下,
　　　翻滚着金波银浪……
这时,她正沿着山间小径向前,
走向闹嚷嚷的浪花拍击着的海岸;
　　　走到那座峭壁旁,
现在,她一个人静坐,暗暗伤心……
独自一人,没人对她哭泣,没人为她忧伤,
也没有人深情地把她的双膝亲吻;
独自一人……她不让任何人的嘴唇
吻她的肩,吻她的唇,吻她雪白的乳房。
　　………………………………………
　　………………………………………
　　………………………………………
任凭谁也配不上她的天蓝色的爱情。
不是吗:你寂寞……你哭泣……我从容镇定;
　　………………………………………
　　但如果………………………………

仿古兰经[1]*

献给普·亚·奥西波娃

一

我以对对情侣和单身汉起誓,
我以刀剑和正义战争起誓,
我以傍晚的祈祷起誓,
我以黎明的星辰起誓:[2]

不,我不会把你抛弃。
是谁受到我的垂青,
回避众目睽睽的威逼,
获得我眷爱的庇荫?

不就是我吗,在你干渴时,
让你畅饮沙漠的清泉?
不就是我吗,将驾驭心智的

---

* 组诗《仿古兰经》是穆罕默德的戒条汇编,用它来表达主的启示,成为伊斯兰教的主要圣经,这是普希金在艺术上渗透到其他民族文化领域的光辉范例。普希金将《古兰经》的某些章节比较自由地意译时,出色地表达了原著的总的精神,而诗中昂扬的战斗激情也与当时进步人士心理的情绪产生共鸣,自然受到十二月党人的热诚欢迎。第一节中回响着抒情的自述基调(穆罕默德受迫害、依靠其驾驭智慧的伟大权力使用舌头的才能,均为原著所无)。组诗献给普·亚·奥西波娃也可能与他又一次流放生涯初期的艰苦岁月有关(他的父亲受命监视儿子行踪,检查他的信函,他和家庭的关系因之急剧恶化)。而他在毗邻的三山村却获得了慰藉的庇荫。

伟大权力赐给你的舌尖?

振奋精神,蔑视欺骗,
昂首挺胸走向真理之路,
怜爱孤儿,把我的古兰经
向懦怯的心灵宣读!

二

啊,先知的纯朴的妻室,
你们不同于一般的妇女:
你们甚至畏惧先知的影子。
沉湎于令人欢悦的静谧,
要谦虚谨慎,务必戴好
未婚妇女应戴的面罩。
为了正常的娇羞的欢欣,
要让心灵永远纯洁晶莹,
莫让不信道者狡黠的目光
觊觎你们俏丽的面庞!
你们,穆罕默德的客人啊,
你们匆匆赶赴他的圣餐,
万勿以人世的碌碌琐事
把我的先知打扰纠缠。
置身于虔诚思考的氛围,
他厌恶那伙饶舌之辈,
厌恶哗众取宠的谈吐:
对圣餐的态度务必谦恭,
对他的那些年轻女奴
也应当尽可能地尊重。[3]

三

先知听见盲人走近的脚步，
不由双眉紧锁，心中发怵；[4]
他躲在一旁，怯于向盲人表白
自己内心深处的踌躇。

先知啊，赐你天书的抄本，
不是为和顽固的人顶牛；
请安下心来传播古兰经文，
对不信道的人也无须强求。

人为什么会自命不凡？
莫不是他赤条条来到人间，
去世一如出生，弱不禁风，
来去匆匆，一生十分短暂？

莫不是上天能随心所欲
让他死亡，又使他再生？
天庭早安排好他的一生，
既要有苦恼，又要有欢欣。

莫不是上天赐给他果实，
赐给他粮食、大枣和橄榄？
为嘉奖他的劳动而赏赐
给他山冈，田野，葡萄园？

但天使让号角再度长鸣，
人间将响起天上的雷霆，

兄弟将躲开自己的兄弟,
儿女将回避生身的母亲。

所有的人都要朝见真主,
他们脸如死灰,战战兢兢;
不信道的人们匍匐在地,
葬身于烈焰,葬身于灰烬。

四

全能的真主啊,自古至今,
那些骄横自负的人
总想和你较量,抗衡;
可是主啊,是你使他驯顺。
你说:我给世界以生命,
我能用死亡惩罚大地,
万物全靠我的手掌支撑。
他说:我也用死亡惩罚大地,
我也把生命赐予人世,
主啊,我和你平分秋色。
但这席罪孽的胡言乱语,
你一声怒斥就黯然消逝:
我从东方擎出朝阳;
请从西山托起落日!

五

大地岿然不动,圆圆的穹苍,
造物主啊,只因为有了你,
才不致掉进陆地和海洋,

才不会压坏我们的躯体。[5]

你在宇宙点燃了太阳,
让它照耀着大地和长天,
正如饱饮圣油的亚麻,
在水晶灯中放射光焰。

祈求造物主吧,他威力无穷,
他能呼风唤雨;当酷热降临,
他能使晴空密布乌云,
他能给大地一片绿荫。

他心地善良:他向穆罕默德
翻开光辉四射的古兰经,
云翳顿时从我们眼中消失,
我们便会快步奔向光明。

六

我梦见你们事出有因,
你们寸发不留,英勇作战,
血染的刀剑,手中高擎,
杀声摇撼着塔楼城垣。

啊,热浪千里的大漠的儿女,
请注意听我愉快的呼唤!
快去俘虏年轻的女奴,
战利品我们可要均摊。

你们旗开得胜,无上光荣,

贪生怕死理应受到嘲讽!
战斗的召唤,他们不予响应,
奇异的梦境,他们压根儿不信!

如今,垂涎你们的战利品,
他们陷于无尽的悔恨,
苦苦乞求:收留我们吧!
可你们的回答是:不行!

沙场丧生的人是有福了:
眼下他们已进入伊甸园,
开始饱尝欢乐的甜蜜,
从此不管人世的忧患。

七

振作起来,胆小鬼:
一盏神圣的灯
在你的岩洞里
一直亮到天明。
用虔诚的祈祷
先知啊,驱散
你满腹的苦恼
和狡狯的梦魇。
恭写祷词,
通宵达旦;
诵读天书,
彻夜不眠!

八

纵一贫如洗,做事不昧良心,
也不用悭吝的手馈赠礼品,
天国从来都是乐善好施。
在可怕的审判日,犹如沃土,
　　平安的播种者呵!
它将赐给你的劳动以累累果实。

如果你懒于在田野耕耘,
如果你对穷人不给分文,
紧紧攒住你的吝啬的双手,
那么,你的馈赠如大雨自岩石上
　　冲下的一撮灰尘,
上帝拒收的贡品——将荡然不留。

九

天涯的倦旅埋怨着真主,
他苦于干渴,祈求绿荫;
在沙漠中跋涉了三天三夜,
眼里交织着暑热和风尘。
怀着无望的痛苦环顾四周,
突然发现棕榈树下有眼水井。

他匆匆奔往沙漠中的棕榈,
贪婪地弯下身用冰冷的井水
把焦灼的舌头和瞳仁清洗,
他躺在忠实的毛驴旁安睡,

遵照着天地君王的旨意,
悠悠岁月在他身边流逝。

旅人苏醒的时刻已经来临;
他站起来,听见一个陌生的声音:
"你在沙漠中睡了多少时辰?"
他回答说:"我是昨天入梦,
当时,长空中旭日初照;
我从昨晨一直睡到今朝。"

那声音:"旅人啊,你太贪睡,
看吧,睡时年少,醒来老态龙钟;
水井已经干涸,棕榈也已枯萎,
你看,茫茫大漠无边无际。
大漠的黄沙把它们层层掩埋,
你那毛驴的骸骨也已发白。"

转瞬变老的旅人满怀酸辛,
低头唏嘘不已,痛苦不堪……
这时,沙漠中奇迹发生:
历历往事又以新的风采重现,
棕榈绿叶扶疏,郁郁葱葱,
井水重又涌出,冰冷幽暗。

毛驴的骸骨重又站起,
恢复了血肉之躯,声声嘶鸣;
旅人重又感到欢畅和活力,
血液中跃动着复苏的青春,
神圣的激情在他胸中洋溢,
跟着真主,踏上新的征程。

普希金原注：

1. 穆罕默德写道:(见奖励章)"不信道的人们认为古兰经是新的谎话和旧的寓言汇编集。"当然不信道的人们的这一见解是公正的。但尽管如此,古兰经中许多道德范畴的真理都用有力的诗的形象阐述了出来。这里仅提供几篇意译的仿制品,原作中真主处处以第一人称发言,关于穆罕默德则使用第二或第三人称。

2. 在古兰经的其他章节,上帝以牝马蹄、无花果的果实、麦加的自由、美德和罪行、天使和人等等起誓。类似的怪诞说法在古兰经中俯拾皆是。

3. 真主接着说道:"我的先知不会向你们指明这点。因为他谦虚谨慎、彬彬有礼;而我则无须对你们这般客气"等等。阿拉伯人的嫉妒在这些训条中呼之欲出。

4. 选自盲人书。

5. 蹩脚的物理;但却是多么大胆的诗!

* * *

你憔悴无语,忍受着痛苦的熬煎,①
一丝笑容消失在少女的唇边。
许久了,你不再刺绣图案和花纹,
总提不起精神,那么无言地苦闷。
呵,我深知少女的忧伤的思绪,
我的眼睛早读到你心灵的衷曲。
爱,你无法藏匿;你也和我们一样,
温柔的少女呵,陷进了恼人的情网。
幸福的青年呵! 那是谁在人群中间,
蓝色的眼睛,黑色的鬓发,风度翩翩?……
你脸红了,我暂时保持沉默,
一切我全清楚;只要我想说,
我就会说出他的姓名。还能是谁
总在你门前徘徊,眼盯着你的窗扉?
你悄悄地等待。他走了,你追出门外,
躲在一旁,久久地用目光送他离开。
谁也不会在阳光明媚的五月的节日,
乘坐一辆豪华的马车疾驰,
自由奔放的年轻人啊,你们
谁也不会随心所欲地策马飞奔。

---

① 这首诗手稿上题有"《仿安德烈·谢尼耶》——他的诗《南方的少女呵,你在我们面前沉默着》的意译。"

朔 风

为什么你,凛冽的朔风①,
吹弯了河畔芦苇的腰杆?
为什么你要这般气愤,
把云朵赶到遥远的天边?②

不久前,乌云层层密布,
紧紧地覆盖着天穹,
不久前,山冈上的橡树③
因炫目的美而骄矜……

可你,拔地而起,呼啸而来,
挟着雷霆,震慑环宇——
赶开暴风雨前的阴霾,
把参天直立的橡树连根拔起。

让那光辉灿烂的太阳
从现在起欢快地照耀,
让和风和片片云朵嬉闹,
芦苇的绿波轻轻荡漾。

——以上杜承南译

---

① 凛冽的朔风隐喻亚历山大一世。
② 云朵,流放中的诗人自况。遥远的天边,指流放地米哈伊洛夫斯克村。
③ 指拿破仑。

焚烧的情书[*]

永别了,情书!永别——是她的叮嘱。
我久久地拖延!手儿也久久地踌躇,
它不肯把我的满腔欢乐化为灰烬!……
可是这又何必,时候到了。燃烧吧,爱的信。
我有准备;我的心儿不愿聆听任何劝告。
贪婪的火苗将把情书一页页地吞掉……
只消一分钟!……着了!燃烧——一缕轻烟
袅袅冉冉,伴随我的祷告一起飘散。
火漆已经熔化,从此再也看不见
钟情的指纹……啊,预见!终于实现!
焦黑的信纸就在眼前,弯弯曲曲;
轻飘飘的死灰上还残留着白色的痕迹……
我的心儿抖抖索索,多情的灰烬呀,
你是我凄苦命运中的惨淡的安慰,
请你永远留驻在我的悲凉的心底……

---

[*] 这首诗充满了对伊·克·沃隆佐娃(1792—1880)的怀念。普希金流放南方在敖德萨供职期间与她相识,一直对她十分钟情。

追求荣誉*

当爱情与安谧使我沉迷，
我跪在你的面前，默默不语，
端详着你的脸，我想：你属于我，——
你知道，亲爱的，我是否在追求荣誉；
你知道：我从浮华的社会中解脱，
不愿再忍受诗人虚名的折磨，
风风雨雨弄得我筋疲力尽，
不再理睬远处的阵阵捧场与谴责。
当你低头向我送来郁郁的目光，
当你把手轻轻地放在我的头上，
当你悄悄地问我：你可幸福？你可爱我？
那时候啊，任何的宣判又能奈我何？
你还会爱别的女人吗，像爱我，你说？
你，我的朋友，会永远把我藏在心窝？
那时我感到困惑，我保持了沉默，
我整个身心都充满了欢乐，我思量，
根本不要去想未来的事情，永远
不会有可怕的别离的时刻……
结果呢？眼泪、苦恼、变心、诽谤，
突然一下子都在我的头上降落……
我怎么了，我在何处？我木然伫立，
像是在旷野上遇到了电打雷霹，

---

* 这首诗也是献给伊·克·沃隆佐娃的。

我眼前的一切都变得昏暗!如今
我为新的愿望所追逼:
我要追求荣誉,好让我的名字
时刻响彻你的耳际,让我把你
包围起来,让你把身旁的一切响声
都紧紧地和我联系在一起,
让你在寂静中倾听忠告时
也要想起我在花园中,在黑夜里,
在分别时最后道出的乞求的话语。

给普·亚·奥西波娃*

我也许不会再享有多少
流亡生活中的平静的时间,
不会再为缠绵的往昔哀叹,
我这颗无忧无虑的心不可能
再悄悄地把农村缪斯怀念。

但是,到了远方,到了异乡,
我凭借一往情深的思绪
还会来到三山村老家,
来到草原上、溪水畔、山冈旁,
来到家园中椴树的荫凉下。

当明朗的白昼渐渐消遁,
思乡的孤魂有时就会
飞出幽暗的土坟,
飞回自己的家园,
用温柔的目光看看亲人。

---

* 奥西波娃是普希金住在米哈伊洛夫斯克村时的芳邻,三山村的女主人。普希金在敖德萨生活期间,一直想逃亡国外,故诗中有"到了远方,到了异乡"的字句。

* * *

保护我吧,我的护身法宝①,
当我遭到迫害、感到懊恼,
当我心神不宁,你要保护我!
我是在悲痛的日子里把你得到。

当海洋掀起万丈波涛
在我的周围隆隆咆哮,
当乌云夹着雷电袭来——
保护我吧,我的护身法宝。

当我在异国忍受孤寂的煎熬,
或在无味的宁静中厮混逍遥,
或在烽火连天的激战时候,
保护我吧,我的护身法宝。

神圣而又甜蜜的骗人之道,
心灵中这一盏明灯高照……
可是灯光熄灭,将人出卖了……
保护我吧,我的护身法宝。

但愿头脑中的回忆平平静静,
永远别刺痛心上的创伤道道,

---

① 伊·克·沃隆佐娃赠给普希金一枚戒指,诗人视它为护身法宝。

别了,希望;睡吧,愿望;
保护我吧,我的护身法宝。

致克恩[*]

我记得那美妙的瞬间：
你就在我的眼前降临，
如同昙花一现的梦幻，
如同纯真之美的化身。

我为绝望的悲痛所折磨，
我因纷乱的忙碌而不安，
一个温柔的声音总响在耳旁，
妩媚的形影总在我梦中盘旋。

岁月流逝。一阵阵迷离的冲动
像风暴把往日的幻想吹散，
我忘却了你那温柔的声音，
也忘却了你天仙般的容颜。

在荒凉的乡间，在囚禁的黑暗中，
我的时光在静静地延伸，
没有崇敬的神明，没有灵感，
没有泪水，没有生命，没有爱情。

---

[*] 安·彼·克恩(1800—1879)，普·亚·奥西波娃的侄女。一八一九年在彼得堡舞会上，普希金第一次与她相会。一八二五年安·彼·克恩去三山村姑母奥西波娃家消夏，三山村与米哈伊洛夫斯克毗邻，两人第二次相会，来往时间较长。克恩离开时，普希金作为告别的礼物赠了她这首诗。

我的心终于重又觉醒：
你又在我的眼前降临，
如同昙花一现的梦幻，
如同纯真之美的化身。

心儿在狂喜中跳动，
一切又为它萌生：
有崇敬的神明，有灵感，
有生命，有泪水，也有爱情。

克 恩

〔俄〕一不知名画家 作

新　郎[*]

　　一个商人的女儿娜达莎
　　　　整整三天没有露面，
　　到了第三天夜深的时候，
　　　　失魂落魄地奔回家院。
　　爹娘问完了这又问那，
　　一味地把女儿纠缠。
　　　　娜达莎什么也听不清，
　　　　她呼吸急促，身上发颤。

　　妈也愁来爹也愁，
　　　　问来问去也问不出个头，
　　最后二老只好让了步，
　　　　什么秘密也没能摸透。
　　娜达莎逐渐复了原，
　　心情好了，脸上也有了红色，
　　　　她又跟姊妹们结成伴
　　　　跑到门外去闲坐。

　　有一天，这个姑娘和女友们
　　　　坐在木门外边闲聊天，
　　突然有辆飞奔的三驾雪橇

---

[*] 这首诗是根据俄罗斯民间故事《少女与强盗》的情节写成的。最初发表时，有个副标题："老百姓的故事"。

在她们的眼前闪现。
雪橇上是个漂亮的年轻人。
马背披着一块花毯,
  年轻人挺身站在雪橇上,
  抽打着马儿,紧赶慢赶。

年轻人来到近处望了望,
  娜达莎也回看了他一眼,
年轻人像股风,嗖地刮走了,
  娜达莎的脸色却倏地改变。
她拔起腿一直跑回家中。
"是他!是他!我认出来了!"她说,
  "是他!就是他!把他拦住,
  我的朋友们,快救人!"

全家听她讲话,无不摇头,
  人人都感到难过!
父亲劝她:"我的好女儿,
  你把真情告诉我。
说吧,是谁欺负你了,
只要你指个脚印,就可。"
  娜达莎又哭了起来。
  一句话也没有再说。

第二天,天一亮,他们家
  突然来了一个媒婆。
媒婆开口就把姑娘夸,
  滔滔不绝地跟她爹唠嗑:
"我们有位商人,你们府上有货,
小伙子没说的,为人不错,

精明能干，标准个儿，
不招是非，也不惹祸。

他又有钱，他又聪明，
　　对任何人也不施大礼，
他的日子阔得如同贵族，
　　什么事情也不用忧虑；
说不定他会给新娘子
送一串珍珠，一件狐狸皮大衣，
　　还有纯金打的戒指，
　　还有锦缎做的花衣。

他昨天打从这里经过，
　　在门前见到了您的姑娘；
真是天生的一对，还不让她出嫁，
　　捧着圣像去教堂？"
媒婆坐在那里吃包子，
可是嘴里的话儿绕着圈子讲，
　　不知应该如何是好的——
　　只有这位可怜的新娘。

"同意了，"父亲开了口：
　　"我的娜达莎，你把心放宽，
赶紧去戴结婚的花冠，
　　一个人在闺房里太孤单。
总不能终身做姑娘啊，
不能永远是呢喃的雏燕。
　　到了搭窝的时候了，
　　应当育女生男。"

娜达莎紧靠着墙,
　　好像有什么话要讲——
突然,她抽泣起来,浑身战栗,
　　然后,忽哭,忽笑,变得异常。
弄得媒婆不知所措,
端来凉水给她喝,
　　最后干脆把剩下的水,
　　统统浇在娜达莎的头上。

全家都在发愁,在叹息。
　　娜达莎苏醒过来,说了一句:
"我是个听话的女儿,
　　你们有神圣的权力。
请新郎来喝喜酒吧,
面包要烤得多,大家都有余,
　　蜂蜜要煮得好,香喷喷的,
　　请法官大人也光临筵席。"

"好吧,娜达莎,我的小天使!
　　我可以不要老命,只要你高兴!"
饭菜酒肴堆得比山高;
　　烹炒煎炸样样称人心。
真心实意的客人都到齐,
大家把新娘引到餐桌中心;
　　女伴们又唱歌来又哭泣,
　　终于听到雪橇奔来的声音。

新郎到了——大家入座。
　　碰杯的声音嘹亮清脆,
祝酒的喜勺依次传过,

吵吵嚷嚷，众客酒醉。

新 郎

"各位亲朋好友，你们瞧，
我这位美丽的新娘在发愁，
　　既不吃，又不喝，也不劝酒：
　　莫非有什么事儿压心头？"

于是新娘回答新郎：
　　"那我就说说让你们听。
我的心总是放不下，
　　所以白天黑夜总哭个不停：
是一个噩梦弄得我心惊。"
父亲对她说："什么梦？
　　我的好女儿，你给我们
　　讲一讲，行不行？"

她说："我梦见自己
　　走进老林天已向晚；
月亮躲在云层后
　　它的光也很暗淡；
我走上小道迷了路，一片漆黑，
任何人的声响都听不见，
　　只有松树和枞树的
　　树梢儿还在絮谈。
我突然看见一个茅屋，
　　梦中的一切仿佛都是真情。
我去敲门——没有答理。
　　我唤了一声——没人答应；

我一边祷告一边推开门。
我走进屋去,烛光荧荧;
　　到处是金银财宝,
　　豪华富有,五彩缤纷。"

新　郎

"你的梦,有什么不好,你说?
　　看来,你的生活会很阔绰。"

新　娘

"您别急,先生,梦还没完。
　　那黄金,那银元,
那新城的锦绣绸缎,
还有那衣料,那地毯,
　　我一直默默地欣赏,
　　我一直惊奇地赞叹。

突然我听见了人叫马奔……
　　声音很快传到了门前。
我赶紧把门关上,
　　自己躲藏到壁炉后边。
我听见很多人在说话……
一共进来了十二个人,
　　他们还带来一只小鸽子——
　　一位年轻美丽的女人。

他们拥进屋里来,
　　不理神像,不鞠躬;

坐到桌前不祈祷,
　　头上的帽子也不动。
老大坐到正位上,
老二坐在他右身,
　　左边是那只小鸽子——
　　那位年轻的小美人。

他们大喊大笑,他们又唱又吵,
　　喝得酩酊大醉,周围一片喧嚣。"

新　郎

"这都预示着你一生欢欢喜喜,
　　你说,你的梦有什么不好?"

新　娘

"您别急,先生,我的梦还没有完。
他们暴饮不止,吵成一团,
　　酒宴上大家欢天喜地,
　　只是那姑娘愁眉苦脸。

她呆呆地坐着,不吃也不喝,
　　眼泪簌簌地往下落,
老大操起了自己的刀,
　　一边吹口哨一边把刀磨;
他死盯着美丽的姑娘,
突然一把揪住了她的发辫,
　　这个恶棍在糟蹋姑娘啊,
　　一刀把她的右手砍断。"

〔俄〕拉佳金 作

"喏,这个呀,"新郎说,
　　"从来没有发生过!
你别伤心,你的梦并不错,
　　我的心肝儿,请你相信我。"
新娘一直望着新郎的脸。
"这戒指是从谁的手上摘来的?"
　　新娘突然说了这句话,
　　大家一下子不胜惊愕。

戒指掉在地上叮叮地滚,
　　新郎浑身颤抖,脸色苍白;
来宾莫名其妙,法官下了命令:
　　"快把这个凶手捆绑起来!"
凶手戴上了镣铐,罪行公之于众,
没有多久,也就被处以死刑。
　　娜达莎从此出了名!
　　我们的歌也就此告终。

* * *

如果生活将你欺骗,①
不必忧伤,不必悲愤!
懊丧的日子你要容忍:
请相信,欢乐的时刻会来临。

心灵总是憧憬着未来,
现实总让人感到枯燥:
一切转眼即逝,成为过去;
而过去的一切,都会显得美妙。

---

① 这首诗题在普·亚·奥西波娃的女儿叶夫普拉克西亚·尼古拉耶夫娜·沃尔夫(1809—1883)的纪念册上。当时沃尔夫十五岁。

饮 酒 歌

    欢声笑语,为何静息?
    响起来吧,祝酒的歌曲!
祝福爱过你们的各位妙龄妻子,
    还有那些温柔的少女!
    把一个个酒杯斟满!
把你们珍藏的戒指都拿出来!
    扔进浓郁的酒里,
    沉入作响的杯底!
大家把酒杯举起,一饮而光!
祝福缪斯,祝福理智万寿无疆!
    你,燃烧吧,神圣的太阳!
    在理智的永恒的阳光下
    骗人的聪明明灭无常,
如同在灿烂的朝霞中
    这盏油灯暗淡无光。
祝福太阳永在,但愿黑暗消亡!

* * *

    草原上最后几朵花儿①
    比早开的鲜花更可爱。
    它们容易搅乱我们的心,
    把悠悠的遐想勾起来。
    所以,有时,离别的时刻——
    比甜蜜的重逢更难忘怀。

---

① 一八二五年十月十日晚秋季节,三山村的主人普·亚·奥西波娃给普希金送来一束花,想使他的流放生活有点光彩。这首诗即因此而成。

十月十九日*

森林脱去绛红的衣裳,
枯萎的田野披上银白的寒霜,
白昼仿佛无奈地照了一面,
随即躲进周围的山冈。
壁炉啊,燃烧在我空荡的斗室里,
而你,寒秋季节的良友,葡萄酒浆,
请把迷人的醉意注入我的心胸,
让我在瞬息中把辛酸苦辣遗忘。

我感到凄凉:没一个友人在我身旁,
让我们一起用酒浇掉长别的忧伤,
没有人能让我由衷地握住他的手,
并祝愿他愉快的日子地久天长。
如今我孑然一人对着酒;我的想象
徒然召唤我周围的朋友们前来赏光;
我听不到熟悉的声音靠近,
我的心也不再期待好友来访。

今天,朋友们在涅瓦河畔
会提到我……而我现在,独自酌饮。
你们那儿聚餐的人是否很多?

---

* 一八一一年十月十九日是皇村学校创办开学的日子。普希金是该校第一届毕业生。这一届毕业生后来年年同一天在彼得堡聚会庆祝,形成传统。普希金为校庆日写过一组诗。《十月十九日》是组诗中的第一首。

还有谁,你们没有见到他来临?
谁,违背了我们的诱人的习惯?
冷酷的社会又使谁离开了你们?
谁没有来?你们中间还缺少什么人?
同学们相互招呼时,听不到谁的声音?

他没有到,两眼闪着火光,怀抱着
悦耳的吉他,我们头发蓬松的歌手①:
他静静地长眠在美丽的意大利的
桃金娘树丛下,然而却没有一位朋友
拿起雕刻刀,用他本国的文字
刻几句话,在这个俄罗斯人的坟头,
好让北方的游子在异国流浪时,
有一天,能发现这惨淡的问候。
眷恋他国天空的不知安静的人②,
你现在可坐在自己的朋友中间?
或许你又穿行于炎热的热带,
或许子夜在海上横跨永恒的冰川?
幸福的路程啊!……你开玩笑似地
跨出学校的门槛,一步踏上轮舰,
从那时起,你的行程就在海上,
啊,波涛与风暴的宠爱的儿男!

你一生浪迹天涯,却保留了
我们风流年华的最初的习惯:

---

① 指尼·亚·科尔萨科夫(1800—1820)。他是普希金的同学,一位很有才华的业余作曲家。他为普希金的两首纪念校庆的诗配了曲。
② 指费奥多尔·费奥多罗维奇·马丘什金(1799—1872)。他是普希金的朋友。皇村学校毕业后,参加了海军,一八二〇年至一八二四年赴北冰洋探险,一八二五年进行环球航行。

在汹涌的波涛中你忘怀不了
皇村学校的吵闹,皇村学校的寻欢;
你远隔重洋却把手伸给我们,
你把我们铭记在年轻的心间,
你一再重复着:"也许是奥妙的命运
注定我们长期分离不得相见!"①

我的朋友们,我们的缘分瑰丽无比!
它是永恒的,不可分割,像一颗心——
它坚不可摧,自由而又无所顾忌,
友好的缪斯的爱护,使它变成璞玉浑金。
无论命运会把我们抛向何方,
无论幸福把我们向何处指引,
我们——还是我们:整个世界都是异乡,
对我们来说,母国——只有皇村。

从这里到那里,处处遭受雷雨追击,
我周旋于严酷的命运的罗网,
太疲惫了,我把诗人抚爱的头颅
战战兢兢地扑向新的友谊的胸膛……
我带着自己忧虑而迷乱的哀求,
怀着年轻时期轻信的期望,
我把温柔的心献给了别的朋友;
但是他们的冷遇让我倍觉悲伤。

如今,在这被人忘却的偏僻的角落,
只有旷野的风雪和寒冷回荡的地方,
我竟然享受到了甜蜜的慰藉:

---

① 引自同班同学杰尔维格为纪念毕业而写的告别诗。

推心置腹的友人中竟有三人来访,
我拥抱了他们。噢,普欣①,你第一个
到了我这个失宠的诗人的家园,
你给流放的凄凉岁月带来了温暖,
你把这一天变成了对皇村学校的纪念。

你,戈尔恰科夫②,天生的幸运儿,
你值得赞扬,福耳图那的冷光
没有能改变你的自由的心;
对待荣誉、对待朋友,你和往日一样。
苛刻的命运为我们定下不同的道路;
一踏入生活,我们很快就分道扬镳:
可是当我们邂逅在农村小路上,
我们还是像兄弟一样紧紧拥抱。

当命运在我的身上发泄愤恨,
我像个无家的孤儿,众目中的路人,
在暴风雨中我垂下沉重的头颅,
等待你,缪斯的代言人③来临。
你来了,慵懒的充满灵感的儿子,
啊,我的杰尔维格:你的声音
唤醒了我心头酣睡多年的热忱,
于是我又振作精神,祝福命运。

---

① 普希金的好友,十二月党人普欣,一八二五年一月是同学中第一个大胆地来到米哈伊洛夫斯克村,看望失宠的普希金的。
② 亚·米·戈尔恰科夫一八二五年九月从国外回来时,路经普斯科夫省他亲属的庄园住了几天。当时普希金专程去那里看望他。
③ 指安·安·杰尔维格。一八二五年四月,他来到米哈伊洛夫斯克村,看望流放中的普希金。

我们胸中自幼燃烧着歌的火种,
我们尝受过妙不可言的兴奋;
少年时代有两个缪斯向我们飞来,
她们的抚爱美化了我们的命运:
我那时已经喜欢听人鼓掌,
而你,骄傲的人,只为缪斯和心灵沉吟;
我任意挥霍自己的才华,如同挥霍生命,
而你,却不声不响地在培养自己的诗神。

效忠缪斯万不可无谓地空忙;
美的事物就应当显得壮丽辉煌;
然而,青春总是诡秘地给我们出主意,
我们自己也迷恋于热闹的幻想……
清醒过来吧——为时已晚!我们败兴地
回顾过去,看不到脚印留在地上。
维尔海姆①,我的一起吟诗、同命运的好兄弟,
告诉我,难道我们当初不曾是这样?

是时候了,是时候了!这个世界不值得
我们再折磨自己;把迷误摆脱!
让我们躲进孤寂中去生活!
我等着你,迟迟不来的朋友——
来吧;请你用神奇的讲述之火

---

① 指维尔海姆·加尔洛维奇·丘赫尔别凯(1797—1846),俄国诗人,普希金的好友。他曾作为秘书,随同俄国一位著名的旅行家访问法国。一八二一年他在巴黎作了有关俄罗斯文学的讲演。讲演中因其"自由思想的基调"引起俄国当局的不满,丘赫尔别凯不得不返回俄国。他费了九牛二虎之力,在高加索总司令叶尔莫洛夫将军手下谋得一职。一八二二年他和叶尔莫洛夫的侄子吵翻,并进行了决斗,于是不得不退休。此后,他靠家庭教书与投稿维持生活。

皇村学校同学中,丘赫尔别凯最熟悉德国文学,最爱席勒的作品。因此,普希金这首诗中有"谈谈荣誉,谈谈爱情,谈谈席勒"之句。

来活跃活跃我心中的传说；
让我们谈谈高加索的激烈的岁月，
谈谈荣誉，谈谈爱情，谈谈席勒。

我的时刻也到了……畅饮吧，朋友们！
我已经预感到愉快的会见；
请你们千万记住诗人的预言：
再过一年，我就会跟你们团圆。
我梦想的一切都会实现；
再过一年，我就会来到你们身边！
啊，那时会有多少眼泪，多少惊叹，
会有多少酒杯举向青天！

第一杯酒，朋友们，一定要斟满！
为了我们的结缘，把它喝干！
满心喜欢的缪斯啊，祝福吧，
祝福皇村学校，祝它茁壮发展！
祝福已故的和健在的各位师长，
是他们给了我们青春华年，
让我们怀着感激之情，一起举杯，
不念旧恶，共祝幸福平安。

斟酒，再满一些！心火在燃烧，
再干一杯，一滴也不要剩下！
为了谁呢？啊，朋友们，你们猜一猜……
为咱们的沙皇！对！为沙皇干杯，乌拉。
他也是人！他是舆论、怀疑
和情欲的奴隶，为瞬间所主宰；
他占领了巴黎，创办了皇村学校——
让我们宽恕他不义的迫害。

趁我们还活在人世,就开怀畅饮!
可惜,我们的人,越来越稀少,
有的人在远方无依无靠,有的人寿终正寝,
日月飞驰;我们在枯萎,命运注视着我们,
我们不知不觉地驼了背;寒气袭身,
我们一步步又走向自己的出发点……
我们中间谁到了晚年会是
纪念皇村学校校庆的最后一个人?

不幸的朋友啊!在新的一代中间,他
将是个多余的、陌生的、惹人讨厌的来宾,
他会想起当年团聚的日子,想起我们,
他会用颤抖的手把双目遮掩……
即使他心情低沉,我们也祝愿他
伴随着酒杯,在慰藉中把这一天纪念,
如同今天的我,远离你们的失宠的伙伴,
在不知痛苦、不知忧虑中度过了这一天。

冬天的晚上*

风暴肆虐,卷扬着雪花,
迷迷茫茫遮盖了天涯;
有时它像野兽在嗥叫,
有时又像婴儿咿咿呀呀。
有时它钻进破烂的屋顶,
弄得干草悉悉刷刷,
有时它又像是晚归的旅人,
来到我们窗前轻敲几下。

---

* 普希金的奶娘阿琳娜·罗季翁诺夫娜伴着流放的诗人在米哈伊洛夫斯克村度过了幽居的岁月。他在一封信中写道:"到了晚上,我就听我的奶娘讲故事,……她是我惟一的伴侣,只有跟她在一起,才不会感到寂寞。"

我们这衰败不堪的小屋,
凄凄惨惨,无光无亮,
你怎么啦,我的老奶娘呀,
为什么靠着窗户不声不响?
我的老伙伴呀,或许是
风暴的吼叫使你厌倦?
或者是你手中的纺锤
营营不休地催你入眠?

我们喝吧,我的好友,
我可怜的少年时代的良伴,
含着辛酸喝吧,酒杯哪儿去了?
喝下去,心儿会感到甘甜。
请你给我唱支歌儿:①
唱那山雀怎样生活在海外,
或是唱支少女的歌儿,
讲她如何朝朝汲水来。

风暴肆虐,卷扬着雪花,
迷迷茫茫遮盖了天涯;
有时它像野兽在嗥叫,
有时又像婴儿咿咿呀呀。
我们喝吧,我的好友,
我可怜的少年时代的良伴,
含着辛酸喝吧,酒杯哪儿去了?
喝下去,心儿会感到甘甜。

---

① 指以下两首民歌:《山雀在海彼岸的日子并不阔绰》和《马路上一个姑娘在汲水》。

* * *

为了怀念你,我把一切奉献:①
那充满灵性的竖琴的歌声,
那伤心已极的少女的泪泉,
还有我那嫉妒的心的颤动。
还有那明澈的情思之美,
还有那荣耀的光辉、流放的黑暗,
还有那复仇的念头和痛苦欲绝时
在心头翻起的汹涌的梦幻。

---

① 这首诗也是献给伊·克·沃隆佐娃的。

* * *

我姐姐家的花园,①
幽静僻远的花园;
那儿没有清澈的泉水
令人流连忘返。
我们的果实水灵多汁,
我们的果实金光闪烁;
我们的溪流条条明净,
潺潺地响着多活泼。
甘松、芦荟还有月桂花儿②
到处是芳香四溢:
只要一阵寒风袭来,
就会滴滴落地。

---

① 这首诗发表时,题目是《仿作》。诗中洋溢着圣经中所罗门王的《雅歌》的情调。
② 三者都是发着香味的植物。

* * *

欲望之火在血液中燃烧,
我的心儿被你摧残,
吻吻我吧,你的吻对于我
比起美酒还要香甜。
俯下你那温柔的头颅,
让我无忧无虑地入寝,
欢快的白昼正在消逝,
夜的影子悠悠来临。

暴风雨

你可见过岩石上的姑娘,
身穿白衣,脚踏海浪,
当大海在茫茫烟雾中汹涌,
和它的海岸戏耍不停,
当闪电用红色的光柱
把姑娘的身影一次次照亮,
当海风狂吹、在浪尖飞舞,
把她那轻盈的衣裳卷扬?
风雨濛濛的大海无限壮丽,
不见蓝天的苍穹布满电光;
但请相信我:比海浪、比苍穹、比暴风雨
更壮丽的是站在岩石上的姑娘。

* * *

啊,烈火熊熊的讽刺的诗神!
听到我的呼唤,请你降临!
请赐我一根朱文纳尔的皮鞭,
我不需要铮铮淙淙的竖琴!
不是对冷酷无情的模仿者,
不是对腹中无物的翻译员,
不是对默然从命的押韵家,
我的讽刺诗针对各种弊端!
祝你们安然无恙,不幸的诗人!
祝你们安然无恙,报刊的帮凶,
祝你们安然无恙,温顺的蠢人!
而你们,卑鄙下流的哥儿们,——
请出来!我要用耻辱的刑法
来折磨你们这群恶棍!
倘若我把某一位忘记,
请求你们提醒我,先生们!
啊,多少苍白无耻的面孔,
啊,多少顽固不化的脑门,
都在等候我给他们盖上
永远磨灭不掉的印痕!

小说家与诗人

你忙什么,小说家?
随便给我一个思想:
我把它的尾巴削尖,
再给它插上韵律的翅膀,
把它架上紧绷的弓弦,
再把顺从的弓背拉长,
然后我随便把它射出,
准保让我们的仇敌悲伤!

〔俄〕一不知名画家 作

夜莺与布谷鸟*

树林中,悠闲的黑夜里,
各类春天的歌手云集,
有的噜噜,有的唧唧,有的啁啾;
可是糊涂的布谷鸟,
只会一个劲儿地咕咕叫,
又虚荣又啰嗦不休,
它的回声也是如此单调。
老是咕咕叫,烦死了我!
恨不得躲开。上帝呀,让我们
摆脱只会咕咕的哀歌!

---

* 普希金在这首诗里嘲笑当时崇尚让人败兴的哀歌的习气。

* * *

>我们的沙皇是位了不起的大官,①
>他接受的是鼓点声中的教育:
>在奥斯特利兹城下他逃之夭夭,
>一八一二年,他又吓得浑身战栗。
>不过,他却是线式战术的教授!
>最后这种战术也使这位英雄玩腻——
>如今,他在外事部门充当了
>一位小小的八等官吏!

——以上乌兰汗译

---

① 这是一首讽刺俄国沙皇亚历山大一世的诗。一八〇五年亚历山大亲自指挥俄国军队与法国军队交战。在奥斯特利兹城下,俄军被拿破仑指挥的法军打得一败涂地。

亚历山大非常重视"线式战术"。这种战术通过连续不断地、极其野蛮地严格训练,把士兵们变成没有灵魂的自动步枪。在训练中,士兵稍有过失就会受到最残酷的刑罚。

一八一五年拿破仑军队被击溃,亚历山大成为神圣同盟的首领之一。这时他不再过问国内大事,把精力几乎全部集中在镇压欧洲诸国的革命运动上。当时奥地利极其反动的大臣梅特涅施展权术,使俄国政策受他左右。普希金这首讽刺诗就是针对亚历山大这种行径而作,他把这位俄国沙皇讽喻为外事部门的一名八等文官。

流放归来

1826—1830

* * *

　　在自己祖国的蓝天下①
　　　　她已经憔悴,已经枯萎……
终于凋谢了,也许正有一个
　　　　年轻的幽灵在我头上旋飞;
但我们却有个难以逾越的界限。
　　　　我徒然地激发起自己的情感:
从冷漠的唇边传出了她死的讯息,
　　　　我也冷漠地听了就完。
这就是我用火热的心爱过的人,
　　　　我爱得那么热烈,那么深沉,
那么温柔,又那么心头郁郁难平,
　　　　那么疯狂,又那么苦痛!
痛苦在哪儿,爱情在哪儿? 在我的心里,
　　　　为那个可怜的轻信的灵魂,
为那些一去不返的岁月的甜蜜记忆,
　　　　我既没有流泪,也没有受责备。

---

① 一八二三年普希金在敖德萨时认识了这位富裕的意大利美人阿马利亚·利兹尼奇,并爱上了她。这首诗是得悉她在意大利死于肺结核的消息以后所作。诗的手稿标题为《1826 年 7 月 29 日》(写作日期)。这时正是十二月党人起义失败,五名十二月党人被处决,其他人流放西伯利亚,普希金心情十分沉痛的时期。

致维亚泽姆斯基*

难道是海洋,这古老的
凶犯,点燃了你的才气?
你以自己金色的竖琴
歌颂可怕的尼普顿①三叉戟。

别歌颂它。在我们这丑恶的世纪,
白发的海神已结盟于大地。
在一切的大自然的领域中,人——
只是暴君,囚徒或叛逆。

---

* 彼·安·维亚泽姆斯基曾以自己的诗《海》寄呈普希金,后者于一八二六年八月十四日写了这首诗赠答。当时诗人风闻,远在英国的尼·伊·屠格涅夫,因事涉十二月党人一案被缺席判处死刑,并由海上押回彼得堡,移交俄国政府。诗人有所感而作此诗。

① 罗马神话中的海神。即希腊神话中的波塞冬。

斯金卡·拉辛之歌

一

一只头儿尖尖的小舟,
在浩渺的伏尔加河上浮现,
船上是一些大胆的水手,——
一些年轻的哥萨克好汉。
船尾坐着他们的首领,
斯金卡·拉辛①显得很威严。
那被他们俘虏的波斯公主,
一个美丽的姑娘坐在前面,
他对这位公主看也不看,
可怕的斯金卡·拉辛,一心
只望着伏尔加母亲,并说:
"你好啊,伏尔加,亲爱的母亲!
从蒙昧无知,你把我哺育成人,
漫漫长夜,你轻轻地摇我入睡,
你忍受着狂暴的雨打风吹,
你担心我骁勇,总是日夜警惕,

---

① 即斯捷潘·拉辛,十七世纪俄国农民革命的领袖,顿河的哥萨克。普希金早就对拉辛的人品感到兴趣,在流放米哈伊洛夫斯克初期曾请求弟弟把有关拉辛的书籍给他寄来。他称拉辛是"俄国史上惟一富有诗意的人物"。这首诗是根据民间传说和历史记载写成。普希金曾将它送给沙皇尼古拉审查,沙皇的回答是:"尽管有诗艺的优点,但就其内容看却不宜印出。而且,拉辛和普加乔夫同是被教会诅咒的人。"

你给了我的哥萨克不少好处,
我们却还没有给你什么赠礼。"
说着,可怕的斯金卡·拉辛
跳起来,立刻把波斯公主托起,
把美丽的姑娘扔进了波涛,
把她呈献给伏尔加母亲。

二

斯金卡·拉辛
到阿斯特拉罕
来贩卖商品。
将军看见他,
便来勒索礼品。
斯金卡·拉辛捧献
窸窣响的锦缎。
窸窣响的锦缎,——
金灿灿的锦缎。
然后这将军又来
向他要皮袄。
贵重的皮袄:
前襟么要新,
一件要海狸,
一件要黑貂。
斯金卡·拉辛
没有给他皮袄。
"斯金卡·拉辛,
快扒下你的皮袄!
给我,就谢谢你;
要不么,把你吊起,

〔俄〕阿利亚克林斯基 作

吊在野地里，
吊上绿色的橡树，
吊上绿色的橡树，
再给你披上狗皮。"
斯金卡·拉辛
思量了一阵，
"好吧，官长，
把皮袄拿去，
把皮袄拿去，
不要再吵嚷。"

三

不是人在喧嚷，不是马蹄在奔腾，
也不是从原野响起的喇叭声，
那是暴风雨在呼啸，在吼叫。
呼啸着，吼叫着，一阵响似一阵。
它是在叫我，叫我斯金卡·拉辛，
到蓝色的大海上去散散心：
"勇敢的好汉，你剽悍的强盗，
剽悍的强盗，你狂饮的莽汉，
快坐上你那轻捷的飞船，
快张开你那亚麻的风帆，
快在蓝色的大海上奔跑，
我要给你划来三只大船：
第一只船上是上等的黄金，
第二只船上是纯净的白银，
第三只船上是如花的美眷。"

承　认[*]

我爱你,——哪怕我要疯狂,
哪怕是白费力气,羞愧难当,
但如今站在你的脚边,
我得承认这不幸的荒唐!
我们并不般配,年龄也不相称……
是时候了,我该变得更聪明!
但我从各个方面的征兆,
看出我心里爱情的病症:
没有你,我心烦——我打哈欠,
有了你,我忧郁——忍在心间;
我想要说,可又没有勇气,
我的天使啊,我多么爱你!
当我听到客厅里你那轻轻的
脚步声,或你的衣裙的窸窣声,
或你那处女的纯朴的声息,
我立刻就丧失了全部理性。
你一露出微笑——我便高兴;
你刚一转过脸——我就惆怅;
为了一天的折磨,你苍白的
小手,就是对我的奖赏。
当你漫不经心地弯着身

---

[*] 这首诗是为普·亚·奥西波娃的后夫的前妻之女,亚历山德拉·伊凡诺夫娜·奥西波娃而写。

坐在绣架旁殷勤地刺绣,
你披下了鬈发,低垂着眼睛,——
我沉默而动情,充满了温柔,
像孩子般欣赏着你的神情!……
当有的时候在阴霾天气
你打算到远处去走走,
我可要对你诉说我的不幸,
倾吐我的忌妒的哀愁?
还有你在孤独时的眼泪,
还有两人在角落里的谈心,
还有那到奥波奇卡①的旅行,
还有在黄昏时演奏的钢琴?……
阿琳娜!请可怜可怜我吧。
我不敢乞求你的爱情。
也许,为了我的那些罪过
你的爱情我不配受领!
但请假装一下吧!你这一瞥
能够微妙地吐露出一切!
唉,骗我一下并不难!……
我多么高兴受你的欺骗!

---

① 普斯科夫省的一个县城。米哈伊洛夫斯克村和三山村就在奥波奇卡县境内。

先　知*

忍受着精神上的熬煎，
我缓缓地走在阴暗的荒原，——
这时在一个十字路口，
六翼天使出现在我的面前。
他用轻得像梦似的手指
在我的眼珠上点了一点，
于是像受了惊的苍鹰，
我张开了先知的眼睛。
他又轻摸了一下我的耳朵，——
它立刻充满了声响和轰鸣：
我听到了天宇的颤抖，
天使们翩然在高空飞翔，
海底的蛟龙在水下潜行，
幽谷中的藤蔓在簌簌地生长。
他俯身贴近我的嘴巴，
一下拔掉我罪恶的舌头，
叫我再也不能空谈和欺诈，
然后他用血淋淋的右手，
伸进我屏息不动的口腔，
给我安上智慧之蛇的信子。

---

* 这首诗是在十二月党人五人被处死、许多人被流放西伯利亚的影响下写成。它的基础是圣经中先知的形象——真理的传布者和对沙皇政权的罪恶和无法无天的无情的揭露者；某些主题采自古犹太先知中最热烈、最富有灵感但遭惨死的以赛亚的书(《以赛亚书》第六章)。

他又用利剑剖开我的胸膛，
挖出了我那颤抖的心脏，
然后把一块熊熊燃烧的赤炭
填入我已经打开的胸腔。
我像一具死尸躺在荒原，
上帝的声音向着我召唤：
"起来吧，先知，你听，你看，
按照我的意志去行事吧，
把海洋和大地统统走遍，
用我的语言把人心点燃。"

给 奶 娘[*]

我的严酷岁月里的伴侣,
我的老态龙钟的亲人!
你独自在偏僻的松林深处
久久、久久地等着我的来临。
你在自己堂屋的窗下,
像守卫的岗哨,暗自伤心,
在那满是皱褶的手里,
你不时地停下你的织针。
你朝那被遗忘的门口,
望着黑暗而遥远的旅程:
预感、惦念、无限的忧愁
时刻压迫着你的心胸。
你仿佛觉得……

---

[*] 这年沙皇突然将普希金召到莫斯科来,这使阿琳娜·罗季翁诺夫娜十分担忧。这首诗一八二六年十月写于莫斯科。

* * *

Tel j'étais autrefois et tel je suis encor.①

我从前这样,我现在还是这样:
无忧无虑,绸缪多情,你们知道,朋友们,
凝视着美色,我怎能不动感情,
又怎能没有怯懦的温柔、内心的激动。
爱情在我一生中对我的戏弄还不够?
在吉普里达撒下的虚妄的情网中,
我久久地挣扎着,像一只幼小的鹰,
曾一百次受辱都还不知悔改,
现在我又把自己的哀怨献给新宠……

---

① 法国诗人安德烈·谢尼耶的诗句,意为"我从前这样,我现在还是这样"。

给伊·伊·普欣[*]

我头一个知交,我珍贵的友人!
我的小院孤寂而又幽静,
它堆满了凄凉的冰雪,
当它响起你的马车的铃声,
我感谢命运给予我的喜悦。

我祈求神圣的上帝:
但愿我的声音能给予
你的心灵以同样的慰藉,
但愿它以母校的明丽光景
照亮你那幽暗的监狱!

---

[*] 这首诗是在普欣流放西伯利亚后的一八二六年十二月十三日,即十二月党人起义一周年的前夕写成。由十二月党人尼·米·穆拉维约夫的妻子亚·戈·穆拉维约娃(要到西伯利亚丈夫身边去)将诗带往西伯利亚赤塔牢狱转交普欣。普欣曾回忆说:"普希金的声音在我心中愉快地回响。"

斯 坦 司*

殷切期待着光荣和仁慈,
我总是无畏地注视着前方:
彼得的光荣岁月的开始
被叛乱和酷刑搅得暗淡无光①。

但是他以真理打动了人心,
他以学术醇化了风习,
在他看来,狂暴的射手,
则不同于多尔戈鲁基②。

他用独断专行的手
勇敢地散播着文明,
但他并不蔑视自己的祖国:
他深知它那注定的使命。

时而是院士,时而是英雄,
时而是航海家,时而是木工,

---

* 普希金把这首诗看作是自己进步政治见解的宣告,并想以此规劝尼古拉一世。最后一句,表现了请求赦免十二月党人的愿望。但普希金的友人则把这首诗看成是诗人对以前的信念的背叛和对沙皇的阿谀。因此,诗人后来又写了《给朋友们》(1828)一诗进行辩解。

① 指特种常备军的叛变和彼得对它的残酷镇压。
② 雅科夫·费奥多罗维奇·多尔戈鲁基公爵(1639—1720),是彼得一世的重臣,以耿直、廉洁和对沙皇大胆著称。比如,有一次在枢密院,他认为彼得签署的命令有欠公正,竟当场撕毁,而彼得却宽恕了他。多尔戈鲁基曾一再受到十二月党人的歌颂。

他以一颗包罗万象的心
永远充当皇位上的劳工。

请以宗室的近似而自豪吧，
请在各方面都像祖先那样：
像他那样勤奋而又坚定，
也像他，能给人以善良的印象。

冬天的道路

透过烟波翻滚的迷雾,
月亮露出了自己的面庞,
它忧郁地将自己的光华,
照在忧郁的林间空地上。

一辆轻捷的三套马车
在寂寥的冬天的道路上飞奔,
听起来实在令人厌倦,
那叮当响着的单调铃声。

从车夫的悠长的歌声里
能听出某种亲切的情绪:
一会儿像是豪放的欢乐,
一会儿像是焦心的忧虑……

不见灯火和黝黑的茅舍,
只有一片莽原和冰雪……
只有一个个带着花纹的
里程标,在前面把我迎接……

寂寞,忧郁……尼娜①,明天,

---

① 这里讲到尼娜,显然含有和索·费·普希金娜结婚的意思。他在从米哈伊洛夫斯克村去莫斯科时和她匆匆地见了一面。然而诗人并没有成功。他的求婚被拒绝了。

我将回到心爱的人儿身边,
坐在壁炉前我将忘怀一切,
对着你,怎么看也不觉厌倦。

时针滴答响着完成了
自己节奏匀整的一圈,
午夜打发走那些讨厌的人,
可并不能把我们拆散。

愁人啊,尼娜;我的旅程太寂寞,
我的车夫瞌睡了,不再响动,
只有铃声在单调地响着,
月亮的脸被遮得一片朦胧。

——以上魏荒弩译

* * *

在西伯利亚矿山的深处,①
保持住你们高傲的耐心,
你们的思想的崇高的意图
和痛苦的劳役不会消泯。

不幸的忠贞的姐妹——希望,
在昏暗潮湿的矿坑下面,
会唤醒你们的刚毅和欢颜,
一定会来到的,那渴盼的时光:

爱情和友谊一定会穿过
阴暗的闸门找到你们,
就像我的自由的声音
来到你们服苦役的黑窝。

沉重的枷锁定会被打断,

---

① 写这首诗的直接动力就是许多十二月党人的妻子,其中包括诗人特别喜欢的马·尼·沃尔康斯卡娅,要出发去西伯利亚和她们的丈夫一起服苦役的英雄行为。当时他想托沃尔康斯卡娅把这首诗信带去。但当后者临出发的时候,他的诗还没有写成,因此,也像给普欣的诗信一样,是后来托一八二七年一月初出发的亚·戈·穆拉维约娃带去的。诗人亚·伊·奥多耶夫斯基曾以十二月党人的名义向普希金写了酬答诗。这两首诗当时以手抄本的形式广为传诵。奥多耶夫斯基诗句"星星之火可以燃成熊熊烈焰"中的"星星之火"被列宁用为第一份布尔什维克报纸的报名(《火花报》)。列宁关于十二月党人的名言:《他们的事业没有消亡》,即与普希金这首诗有关。

监牢会崩塌——在监狱入口,
自由会欢快地和你们握手,
弟兄们将交给你们刀剑。

夜莺和玫瑰

花园默默无言,春天了,面对夜的幔帐,
一只东方的夜莺站在玫瑰的上面歌唱。
但是可爱的玫瑰却没有感觉,不予理睬,
听着爱的颂歌却摆来摆去,一副倦态。
难道你就是这样歌唱那冰凉的美?
清醒吧,诗人啊,你在把什么东西寻觅?
人家并不听你诗人的,她无动于衷:
你看—— 她在开放;你呼唤——却没有回应。

* * *

有一棵绝美的玫瑰:它
在惊喜万分的西色拉①面前,
开放着,胭脂红,华美潇洒,
维纳斯盛情地把它礼赞。
严寒的呼吸却徒劳无益,
它无法使西色拉与激情冰消——
一棵永远不会凋谢的玫瑰
在短命的众玫瑰中间闪耀……

---

① 指爱与美的女神。

给叶·尼·乌沙科娃*

古时候常常这样,一旦
出现一个精灵,或称鬼精,
这样一句普通的格言
就能把撒旦赶出家门:
"阿门,阿门,该死的!"而在我们时代
魔鬼和鬼精,恐怕已经很少很少,
它们究竟藏在哪儿,只有上帝知道,
但你呀,我狠心的或善良的鬼才①,
当我如此亲近地看见
你的侧影、你的眼睛、你金色的鬈发,
当你的声音就响在我的耳边,
还有你又活泼又生动的谈话——
我简直入迷了,我全身似火,
我在你的面前不住地颤动,
对着一颗充满梦想的心灵:
"阿门,阿门,该死的!"——我说。

---

* 这首诗是在叶卡捷琳娜·尼古拉耶夫娜·乌沙科娃(1809—1872)十八岁时(1827年4月3日)写在她的纪念册上的。普希金和她在一八二六年末贵族会议的舞会上认识,此后就变成了有作家和音乐家参加的莫斯科乌沙科夫家的常客了。

① 此处"鬼才"即"精灵"之意,或直译为"精灵"。

给吉·亚·沃尔康斯卡娅公爵夫人*

在人们漫不经心的莫斯科,
在惠士特和波斯顿①的胡扯里,
面对舞会上流言蜚语的嚼舌,
你竟偏爱那阿波罗的游戏。
你呵,缪斯和美的女皇②,
你以你的温情的手执掌
魔术一般的灵感的权杖,
而在若有所思的额头之上,
晃动着荣获的双重桂冠,
一个天才在盘旋,在炽燃。
不要把你的谦恭的贡品——
被你俘虏的歌手推向一旁,
请带着微笑听听我的声音,
就像卡塔拉尼那次来访,
那么关注游牧的茨冈女郎。③

---

* 这首诗普希金写成后,连同他刚出版的长诗《茨冈人》一起,送给了吉娜伊达·亚历山德罗夫娜·沃尔康斯卡娅(1792—1862)公爵夫人。
① 两种纸牌游戏的名称。
② 吉·亚·沃尔康斯卡娅公爵夫人不仅是莫斯科最著名的沙龙的主人,而且还是具有丰富的和多方面才能的诗和歌的爱好者,所以普希金称之为"缪斯和美的女皇",获有"双重桂冠"的人。
③ 安热里卡·卡塔拉尼,意大利歌手,二十年代在俄国享有盛名。当他在莫斯科听到一位茨冈女郎斯杰西的演唱时,十分动情,赠了她一条披巾。

给叶·尼·乌沙科娃[*]

虽然距离您很远很远,
我还是不能和您分离,
慵倦的嘴唇,慵倦的双眼,
还将是我的痛苦的回忆;
无论孤寂中怎样悲伤,
我也不希求别人的宽慰,——
如果我有一天被吊在刑场,
您呢,会不会为我叹一口气?

---

[*] 这首诗写于一八二七年五月普希金去彼得堡前夕。结尾部分虽带有戏谑的意味,也反映了诗人对十二月党人被处死的经常的回忆和对由于他的《安德烈·谢尼耶》一诗所引起的自身政治情况又急骤变坏的痛苦的思考。

* * *

在人世的、凄凉的、无边的草原,①
隐秘地破土流出三股泉水:
青春的流泉,迅疾骚乱的流泉,
沸腾着,奔流着,闪着光,潺潺不息。
卡斯塔里清泉以其灵感的波澜
在人世的草原上为被流放者解渴。
最后的清泉——冰冷的、遗忘之泉
比什么都甜蜜地消解着心儿的燥热。

---

① 这首诗是普希金离开彼得堡七年之后回到彼得堡不久写成的。

阿 里 翁 *

我们很多人都在独木舟上；
有些人跑过去拉起风帆，
有些人友好地摇橹开船，
有力的橹将我们引进大洋。
聪明的舵手寂静中俯身把舵，
无言地操纵着沉重的独木舟；
而我——憧憬着未来毫无隐忧——
为航海家歌唱……突然旋风怒吼，
一个来袭，掀起滔天大波……
死去了，我们的航海家和舵手！——
只有我，我这个神秘的歌手，
被风暴和海浪推到了海岸，
我仍然唱着昔日的颂歌，
同时把我的湿透了的衣着
借着阳光放在岩石上晒干。

---

* 古希腊诗人和音乐家（公元前 7—前 6 世纪）。传说，他在海上遇难，为一个被他的歌声迷住了的海豚搭救。普希金用来暗喻他和十二月党人运动的关系以及他爱好自由的理想的坚定的信念。诗写成于十二月党人就义一周年后第三天。

天　使

温柔的天使在天堂门口
低低地垂下头,十分耀眼,
而阴暗的和反叛的恶魔
这时候正飞临地狱的深渊。

否定的精灵,怀疑的精灵,
抬头观望着纯洁的精灵,
它第一次模模糊糊弄懂
感动的无法抑止的热情。

"请原谅,"他说,"我看见了你,
你并非徒然地向我辉耀:
我并非憎恨天上的一切,
并非世上一切我都不屑一瞧。"

给基普连斯基*

反复无常的时髦的宠儿,
你,虽不是英国人,法国人,
你却重新创造了,亲爱的魔法师,
创造了我这个真正缪斯的门人,——
我一向嘲笑坟墓,我永世
和致命的枷锁没有缘分。

我看自己和照镜子无异,
但这面镜子却会把我奉承。
它向我宣布,我不会贬低
庄重的阿俄尼得斯①的偏心。
因此,我的肖像将来定会
在罗马、德累斯顿、巴黎闻名。

---

* 普希金一八二七年住在彼得堡的时候,他的一幅很有名的肖像就是这位著名的肖像画家奥·阿·基普连斯基(1782—1836)应他的好友杰尔维格的请求画的。画家曾打算把这幅画带到准备在西欧举行的画展上去展出。
① 缪斯的别名之一。

给叶卡捷琳娜·尼古拉耶夫娜·卡拉姆津娜的颂歌*

船夫终于达到了大陆,
由于天意从风暴中逃生,
他为此谨向神圣的皇后
恭敬地献上自己的进贡。
我也想这样情满心头,
把我朴素、凋萎的花冠敬奉,
献给你,在透明的寂静的天国
高高地高高地辉耀着的明灯,
献给你,为了我们这一伙
虔诚的人而亲切照耀的星。

---

* 一八二七年十一月十四日写于历史学家的女儿,叶·尼·卡拉姆津娜纪念册上的诗。普希金生前未发表。

诗 人*

　　当阿波罗还没有要求诗人
去从事一种崇高的牺牲,
他毫不经心地一头栽进
纷乱的人世的日常杂务中;
他的神圣的竖琴默默无言;
心灵体味着一种冰冷的梦,
在凡俗世界的孩子们中间
他也许比谁都不值得垂青。

　　但是只有上天的语声
和诗人敏感的听觉相碰,
他的心灵才会猛地一惊,
就像一只被惊醒的鹰。
他在人世的欢愉中受苦,
世间的各种流言和他无缘,
他不让自己骄傲的头颅
倒向人世的偶像的脚前;
他跑开了,粗野而威严,
充满叫喊和反叛的声音,
跑向无边的波浪的海岸,
跑进涛声滚动的槲树林……

---

* 写于米哈伊洛夫斯克村,普希金于一八二七年七月末由彼得堡来到这里。

* * *

在黄金的威尼斯统治着的地方附近,①
一位夜间的船夫正驾着小游艇
在金星的光照下,沿着岸边荡漾,
一边把里那德、高弗莱多、艾米尼亚②歌唱。
他爱自己的歌,他歌唱只为了游兴,
没有更多的想望,他既不希求光荣,
也不介意恐怖和希望,与沉静的缪斯为伍,
他能在波涛的深渊之上求得旅途幸福。
生命攸关的海上,风暴正滥施淫威,
在孤寂的黑暗里,将我的帆篷猛追,
在那儿我也像他一样,尽自快活地歌唱,
我喜欢把我的神秘莫测的诗意构想。

---

① 法国诗人安德烈·谢尼耶的一首诗《"在岸边那儿,威尼斯—大海的女皇……"》的俄译。
② 三人都是意大利诗人塔索《解放了的耶路撒冷》的主人公。

1827年10月19日 *

愿老天帮助你们,我的朋友,
在生活的困扰里,公职的操劳中,
在朋友们筵席上的纵饮欢叫中,
或爱情上正神秘地情意绸缪!

愿老天帮助你们,我的朋友,
遇上风暴,或是尘世的悲伤,
在陌生的异域,荒凉的海洋,
或被囚在暗无天日的地府!①

---

* 写在皇村学校照例的周年纪念日。
① 当时在国外的有皇村学校同学谢·戈·罗蒙诺索夫(在西班牙、法国的俄国使馆任职)和亚·米·戈尔恰科夫;在海上的有费·费·马丘什金;服苦役的有伊·伊·普欣;在囚禁中的有维·加·丘赫尔别凯。

护　符[*]

那儿,大海永远喧嚣,
拍打着荒凉的悬崖绝壁,
那儿,月亮更温暖地辉耀,
在甜蜜的傍晚的夜色里,
那儿,在和妻妾的享乐中,
穆斯林把他们的日月欢度,
就在那儿,巫师曲意奉承,
交给了我一个护符。

他满脸堆笑,对着我讲:
"你要保存好我的护符:
它里面有一种神秘的力量!
这是爱情赐给你的礼物。
遇上暴风雨,或闪电雷鸣,
或者是病痛,或者是坟墓,
我的亲爱的,谁救你的命?
请不要去祈求我的护符。

它不能把东方无穷的财富
给你拿过来归你享有,
它不能让那些先知的使徒
一个个向着你帖耳俯首;

---

[*] 这首诗也是献给伊·克·沃隆佐娃的。

使你尽快投入朋友的怀抱,
使你尽快离开悲惨的异土,
从南到北把故乡找到,
没这个本领啊,我的护符……

但是一旦狡黠的眼睛
出你意外地在把你诱惑,
或者在夜的黑暗里有人
并非出于爱吻你取乐——
亲爱的朋友!使你不犯罪,
不受心灵的新的痛楚,
不致背叛,不致被遗弃,
它就会保护你,我的护符!"

——以上卢永译

给朋友们[*]

不,我不是一个佞人,虽然
我写诗对沙皇由衷地颂赞,
我大胆地表达自己的感情,
我的诗是发自肺腑之言。

我对他的的确确是喜欢:
他统治我们忠心耿耿、精神饱满;
他用战争、希望和勤恳的工作
蓦地使俄罗斯生机盎然。

不是啊,虽然他血气方刚,
但是他统治者的心性并非凶残:
对被当众受到惩罚的人,
他却在暗地里给予恩典。

我的生命在放逐中流逝,

---

[*] 这首诗是对把他一八二六年写的《斯坦司》误解为对沙皇的"阿谀"的回答。尼古拉一世企图招纳社会的意见,做出许多自由主义的姿态:罢免了亚历山大王朝最令人痛恨的反动政客,同情为反抗土耳其压迫而斗争的希腊人,向被处决的雷列耶夫的未亡人颁发养老金(他暗地里给予恩典)。这一切都是玩弄自由主义,即被列宁称之为自叶卡捷琳娜二世起俄国沙皇统治的特征。然而,普希金却认为这便是实现了他在《斯坦司》中对尼古拉所寄予的"重托"——走彼得一世的道路。因此,本诗中充分地表现出诗人虚妄的希望。同时,他在诗中坚决地批驳那些货真价实的"奸佞"——沙皇周围最亲近的人,——他认为这些人有碍于实现政府的自由主义的纲领。因此,尼古拉虽出于礼貌对此诗赞赏,但却禁止发表。

我忍受同亲人别离的熬煎,
但是他向我伸出了帝王的手——
于是我又出现在你们中间。

他尊重我心中的灵感,
他任凭我的思想翱翔,
我的心啊受到了感动,
我怎么能不把他赞扬?

我是佞人!不,弟兄们,佞人奸险:
他会给沙皇招惹来灾难,
他要从他的君主的权柄中
惟独排除掉一个恩典。

他会说:蔑视人民吧,
要把天性的温柔的声音掐断。
他会说:文明的果实
是一种反叛精神,是淫乱!

对于一个国家这是一种灾难——
如果只有奴才和奸佞围绕宝座转,
而上天挑选的诗人却站在一旁
沉默不语,两眼瞧着地面。

* * *

> Kennst du das Land...
> Wilh. Meist. ①

> 去采酸果,去采酸果,
> 去采浆果,去采酸果……

有谁知道那地方——天空闪耀着
神秘莫测的蔚蓝色的光芒,
大海环绕着古城的遗址
拍打着那暖洋洋的波浪;
四季常青的月桂树和柏树
在自由中骄傲地生长;
庄严的托夸多②曾在那里歌唱;
就是现在,每到幽冥的夜里,
亚得里亚海的波涛依然反复地
吟咏着他那八行诗格的诗行;
拉斐尔曾经在那里作过画;
卡诺瓦③的雕刀在我们的时代
依然使温顺的大理石焕发容光,
还有拜伦,这严酷的殉难者,
曾经在那里爱恋、诅咒和忧伤?

---

① 你可知道那地方……威廉·梅斯特尔(德文)。
② 意大利诗人塔索的名字。
③ 安东尼奥·卡诺瓦(1757—1822),意大利雕刻家。

··········
··········
神奇的地方啊,神奇的地方,
那崇高的灵感的故乡,
柳德米拉①望着你那先知的庇荫,
望着你的古老的天堂。

  在那秀丽如画的海水的堤岸上,
在她的身旁,人们尽情地享受着
那狂欢的酒神节的美好时光;
狂欢极乐欢迎她的来访。
柳德米拉以她北方的俊美,
连同她那天真烂漫和懒洋洋,
使意大利的男子汉心神荡漾,
而且她在自己的身后吸引着
他们五彩缤纷的滚滚波浪。

  在欢欣鼓舞的情感的洋溢下,
柳德米拉把她那明媚的目光
投向晌午的大自然的天堂,
投向那闪耀的天空,那清澈的水乡,
投向那无言的艺术的奇迹,
她满心惊奇,她喜气洋洋,
在自己的面前没有发现
有什么东西能比自己更漂亮。
 是否要带着严肃的目光

---

① 马利亚·亚历山德罗夫娜·穆欣娜-普希金娜伯爵夫人,她去意大利旅行返回以后,由于思念祖国而在一次上流社会的集会上故意引人注目地要吃酸果,诗前第二段题词即与此有关。

站在佛罗伦萨基普里达①面前,
她们俩……她面前的大理石雕像
仿佛由于受到羞辱而忧伤。
心中满怀崇高的幻想,
她要不要默默地注望
弗尔纳利娜②或年轻的圣母
充满深情的温柔的形象,
她以她那深沉的俊美
比画像更使人心神激荡……

  告诉我吧:有哪一个诗人
有哪一支画笔,哪一把热情的雕刀,
燃烧着深受感动的喜悦的火光,
能给惊喜的后代留下
她那天仙一般的貌相?
那永恒的美的女神的
无名的雕塑家,你在何方?
还有受美惠女神加冕的你,
你啊,充满灵感的拉斐尔?
忘记那年轻的犹太姑娘,
忘记那圣婴的摇篮,
去洞悉那天堂的美,
去洞悉那天堂的欢乐,
给我们画一个别样的马利亚,
手里抱着的婴儿也要别样。
…………

---

① 藏于意大利佛罗伦萨乌菲齐博物馆中墨狄齐的维纳斯古代雕像,系佚名的雕塑家——无名的雕塑家之作。
② 意大利画家拉斐尔的模特儿。

TO DAWE, Esqr*

为什么你那神奇的铅笔
把我这黑人的侧影素描?
纵然你能使它万世流传,
靡非斯特也会对它讪笑。

请描绘奥列宁娜①的容貌。
一旦内心的灵感燃烧,
是天才就应该全身心地
只为那青春和美所倾倒。

---

* 献给道先生(英文)。
  这首诗是写给英国画家乔治·道(1781—1829)的。他曾在俄国侨居多年。他为普希金所作的素描,今已失传。
① 安娜·阿列克谢耶夫娜·奥列宁娜(1808—1888),著名显贵、公共图书馆馆长和艺术院院长阿·尼·奥列宁的女儿。1828年曾传说普希金将与安·阿·奥列宁娜结婚。但婚礼因诗人政治上不可靠而告吹。

你 和 您

她①无意中把客套的您
脱口说成了亲热的你,
于是一切幸福的遐想
在恋人心中被她激起。
我满腹心事站在她的面前,
把视线移开,我着实无力;
我对她说:您多么可爱!
心里却想:我多么爱你!

---

① 指安·阿·奥列宁娜。

* * *

1828 年 5 月 26 日

枉然的馈赠,偶然的馈赠,①
为什么把你给了我——生命?
换一句话说,为什么你竟
被神秘的命运判处死刑?

是谁凭仗不怀好意的权柄
从无生之中呼唤我降生,
使我的心灵充满了情感,
用疑惑使我的理智焦虑惶恐?……

我的眼前茫无目的:
心灵空虚,头脑空洞,
惟有生活的单调的喧嚣
用忧伤折磨得我痛不欲生。

---

① 手稿中有"为生日而作"字样,题首并且有诞生日期。

她 的 眼 睛*

她多么可爱——我在私下里说——
她是宫廷的骑士们的祸水,
她那双车尔凯斯人的眼睛
足可以同南方的星星,
更可以同诗歌相媲美,
她大胆地频频送秋波,
它燃烧得比火焰更妩媚;
但是,我应该承认,我那
奥列宁娜的眸子才算得美!
那里藏着多么深沉的精灵,
又有多少天真稚气的明媚,
又有多少懒洋洋的神情,
又有多少幻想、多少欣慰!……
她含着列丽①的微笑低垂着眸子——
那副美惠女神的洋洋得意;
抬起眸子来呢——拉斐尔的天使②
正是这样仰望着上帝的光辉。

---

* 写给彼·安·维亚泽姆斯基,他在《乌黑的眼睛》一诗中曾歌颂女皇马利亚·费奥多罗夫娜的宫廷女官亚历山德拉·奥西波夫娜·罗谢特(1809—1882)。
① 普希金时代的观念中古斯拉夫的神、爱神和牧人及歌手的保护者的名称。
② 著名油画《西斯廷的圣母》里的人物。

* * *

美人儿啊，不要在我面前唱起①
那悲伤的格鲁吉亚的民歌：
那凄婉的歌声使我想起了
遥远的河岸和另一种生活。

唉！你那如泣如诉的旋律
使我想起那茫茫的草原，
那黑夜和那月光辉映下
远方可怜的少女的容颜。

当我看到了你，就忘却了
那可爱的、在劫难逃的幻影；
但是你一唱起来——我的眼前
就又重新浮现出她的音容。

美人儿啊，不要在我面前唱起
那悲伤的格鲁吉亚的民歌：
那凄婉的歌声使我想起了
遥远的河岸和另一种生活。

---

① 这首诗洋溢着格鲁吉亚民歌的曲调，这种曲调是格里鲍耶多夫告诉米·伊·格林卡并由格林卡的学生安·阿·奥列宁娜演唱的。

肖　像*

　　她有一颗燃烧的心灵，
　　她有暴风雨般的激情，
　　北方的女性啊，有时候
　　她会出现在你们当中，
　　无视上流社会的礼俗，
　　使尽全副力气向前冲，
　　像规矩的天体圆周里
　　一颗不循轨道的卫星。

---

* 这首诗是写给阿格拉费娜·费奥多罗夫娜·扎克列夫斯卡娅（1799—1879）的，普希金在《叶甫盖尼·奥涅金》第八章第十六节里提到的"涅瓦河上的克利奥帕特拉"，一说指她。

预　感*

在我的头顶上空,滚滚的乌云
悄悄地,又在凝集肆虐;
那贪婪的命运又一次
降临灾难,给我以威胁……
我对命运依然投以轻蔑?
面对着它,我是否保持着
我骄傲的青春固有的那种
耐性和坚贞不屈的气节?

我为急骤的生活弄得十分衰朽,
我泰然自若地等待着风狂雨骤:
也许,我还能够得救,
会重新找到避风的港口……
但是,我预感到离别,
那不可避免的时刻即将临头,
我的天使①啊,最后一次了,
我匆匆忙忙握了握你的手。

娇柔的、娴静的天使啊,
轻轻地对我说一声:再见,
悲伤吧:任你抬起还是垂下

---

* 看来与《安德烈·谢尼耶》(参见该诗注释)事件最后阶段有关;不久便发生了以更为沉痛的后果威胁普希金的关于《加百列颂》作者谁属事件。
① 指安·阿·奥列宁娜。

你那双脉脉含情的碧眼；
就让我对你的美好的回忆
在我的心灵里将去替换
我的青年时代的力量，
那时的骄傲、期望和勇敢。

* * *

豪华的京城，可怜的京城，①
不自由的内心，端庄的外形，
湛青而又苍白的上天的穹隆，
大理石、百无聊赖和寒冷——
但我依旧对你要表点同情，
因为有时候，就在这座城中
有一双小脚儿在款步行走，②
一绺金黄色的鬈发随风飘动。

---

① 这首诗为普希金准备由彼得堡去米哈伊洛夫斯克时所作。
② 最后两行指安·阿·奥列宁娜。

毒　树*

在那草木枯萎的、吝啬的荒原，
在那被酷热燎烤的大地上，
一棵毒树孤立于寰宇间，
就像一名戒备森严的哨岗。

焦渴的原野的大自然
生育了它，适逢盛怒的一天，
于是拿来毒汁把它的根
和暗淡无光的枝叶浇灌。

毒汁从它的皮下一滴滴溢出，
由于炎热，晌午时化成稀汤，
到黄昏时分，它又凝成了树脂，
那质地让人看上去又稠又亮。

连鸟儿也不向它这里飞来，
老虎也不会问津：只有黑旋风
才会向这棵死亡之树袭来——
然而飞去时，却已腐烂透顶。

如果乌云翻来覆去地滚动着，

---

* 毒树的形象是由荷兰东印度公司驻爪哇的医生弗·福尔什关于此树的报道（据后来过分夸大的材料）所提示的。由于普希金事先未将此诗呈送尼古拉一世，尤其是诗中有"沙皇"字样，诗发表后引起政府强烈不满，因而加强了对诗人的审查监督。

给它的茂盛的叶子洒些雨露,
那么雨水就会沾染上毒汁,
从它的枝头滴进炎热的沙土。

然而有人却把别人派到
毒树那里,——是那样地颐指气使,
于是那人恭顺地上路了,
次日天一亮就带回来了毒汁。

他献上了致命的树脂,
还有叶子已经凋萎的树枝,
汗水有如清凉的小溪,
从他苍白的前额流淌不止;

献完了——也就精疲力竭地
倒在窝棚拱顶下的树皮上,
这个可怜的奴隶就这样
死在了无敌的君主的脚旁。

而沙皇就是用这种毒汁
浸透了他那恭顺的羽箭,
然后同毒箭一起把死亡
向四面八方的邻邦发遣。

答卡捷宁*

热情的诗人啊,你枉然地
向我举起你的神妙的酒瓯,
要我为了健康一饮而尽:
我不想喝,我亲爱的酒友!①
可爱而又狡黠的朋侪,
你的杯子里盛的不是美酒,
而是令人沉醉的鸩酒:
它随后就会引诱我再去
追求荣誉,跟在你的身后。
征募壮丁时,老练的骠骑兵
难道不正是这样向它拱手
献上巴克斯的快乐的礼物,
直到黩武的狂热把他
就地撂倒,才肯善罢甘休?
我自己就是军人——如今
我也该回家把清宁享受。
你留在帕耳那索斯山的队伍里吧;
工作之前尽可以斟杯美酒,

---

* 当时失宠被黜于自己家乡的帕·亚·卡捷宁是指责普希金的《斯坦司》的"朋友们"之一。他在寄给普希金的诗体中篇小说《俄罗斯往事》中隐喻地表达了这一点。同时还有一首献诗,呼吁诗人把酒杯中往昔的浪漫主义的热爱自由一饮而尽,重新"振作起精神"并在筵席上吟咏"拜伦的歌唱",因而引起普希金的回答。

① 引自杰尔查文的短诗《哲人们,沉醉的和清醒的……》。

独自去摘取高乃依或者
塔索的月桂冠①，一醉方休。

---

① 卡捷宁曾翻译过高乃依的悲剧，"使高乃依的雄伟的天才复活了"。高乃依在被遗忘和贫寒中结束了自己的一生。托夸多·塔索曾被菲拉拉公爵关进了疯人院。

一朵小花儿

我发现忘在书中的小花儿——
它早已枯萎,失去了芳妍;
于是一连串奇异的遐想
顿时啊充溢了我的心田:

它开在何处?何时?哪年春天?
是否开了很久?又为谁刀剪?
是陌生人的手还是熟人的手?
又为什么夹在书页里边?

可是怀恋柔情缱绻的会面,
或是对命定的离别的眷念,
也许为了追忆孤独的漫步——
在静谧的田野,在林荫中间?

可那个他抑或她,尚在人寰?
如今,他们的栖身处又在谁边?
或是他们早已经凋谢,
如同这朵无名的小花儿一般?

诗人和群氓

Procul este, profani. ①

　　诗人用手指漫不经心
拨弄着充满灵感的七弦琴。
他吟唱着——周围一群冷漠、
目空一切而又凡俗的人
一窍不通地听着他的歌吟。

　　于是迟钝的人群议论纷纷：
"他干吗吟唱得响遏行云？
枉费心机地使耳朵震惊，
他想把我们向何处指引？
他乱弹什么？教给我们什么？
干吗像随心所欲的魔法师
激动和折磨我们这颗心？
他的歌吟像风儿一样奔放，
然而也和风儿一样无迹可寻：
它能把什么好处给予我们？"

诗　人

　　住嘴吧，一窍不通的人们，

---

① 这些凡俗人，离远些（拉丁文）。这个题词系维吉尔《埃涅阿斯记》卷六女祭司的话。

卖苦力的奴隶,只知为温饱操心!
你们鲁莽的怨言我感到厌恶,
你们是人间的群氓,不是上天的子孙;
在你们看来,好处就是一切——
你们把阿波罗雕像拿去评两论斤。
它的种种好处你们却全然不见。
然而,要知道,这大理石可是神!……
那又怎样呢?陶罐对你们更珍贵:
你们可以拿它给自己烧煮食品。

群　氓

不,如果你是上天的选民、
上帝的使者,你就该为我们
发挥你的天赋,谋求福利:
解救我们哥儿们的心。
我们卑贱,我们奸诈狡猾,
不知廉耻,忘恩负义,残暴凶狠;
我们是一群心肠冷酷的人,
是诽谤者,是奴隶,是蠢货,
陋习在我们心里扎堆生根。
你爱你的亲人,但是也可以
给我们一些大胆的教训,
而我们都准会听命于您。

诗　人

走开吧——性喜平和的诗人
同你们有什么关系!任你们荒淫,
放开胆子让心肠变得铁石般硬,

琴声不会使你们振作起精神!
心灵厌恶你们,犹如厌恶荒坟。
为了你们的恶毒和愚蠢,
你们依然拥有鞭子,拥有
牢房和斧头,直到如今;——
够了,你们这些疯狂的奴隶!
你们城市的喧嚣的街上
在清扫垃圾——这活儿有益身心!——
然而,你们的祭司是否能够
忘记自己的祭祀、祭坛和祭礼
而拿起扫帚来拂拭灰尘?
不是为了生活中的费神劳累,
不是为了战斗,不是为了贪心,
我们生来就是为了灵感,
为了祈祷和美妙的琴音。

——以上苏杭译

给伊·尼·乌沙科娃[*]

您是造化的一个宠儿,
它让您一人得天独厚;
我们无尽无休地夸赞,
反使您觉得厌烦难受。
您自己早已十分清楚:
理所当然要令人倾倒;
您有阿尔米达①的秋波,
您有西尔菲达②的柳腰,
您那两片鲜红的芳唇,
像和谐的玫瑰般妖娆。
我们的诗,我们的散文,
对您只是纷扰和徒劳。
可是那对美人的回忆
一经勾起了我的心魂,
我就要把一挥而就的诗,
往您的纪念册里留存。
也许您将会不禁想起,
有个人曾经将您歌唱,

---

[*] 伊丽莎白·尼古拉耶夫娜·乌沙科娃(1810—1872),普希金的女友,是他另一女友叶卡捷琳娜·尼古拉耶夫娜·乌沙科娃的妹妹,在她的纪念册里保存了不少普希金画的素描。
① 意大利诗人塔索的长诗《解放了的耶路撒冷》的女主人公,是个有魔力的美女。
② 西欧某些民族神话中的女气精或气仙女,常用来比喻婀娜多姿的美女。

当普列斯尼亚广场①四周，
还没有围起一道板墙。

---

① 位于旧莫斯科市区(西部),在有乌沙科娃住宅的中普列斯尼亚近旁。

* * *

当驱车驶近伊若雷①站,
我抬眼望了一下高天,
立刻回想起您②的秋波,
您那蓝光荧荧的双眼。
虽然我如今满怀惆怅,
为您贞洁的美色销魂,
虽然我在特维尔③省里,
一向有万皮尔④的雅名,
但我还没有一点胆量
在您的石榴裙下屈尊,
我不愿用钟情的哀求,
去扰乱您的那颗芳心。
也许我带着嫌恶之情,
陶醉于上流社会的浮华,
因此我将暂时地忘却
您那容貌的闭月羞花,
那轻盈的腰身,匀称的动作,
您那小心翼翼的谈话,
还有您那谦恭的沉静、

---

① 由托尔若克至彼得堡路上最后一个驿站的名称。
② 指叶卡捷琳娜·瓦西里耶夫娜·维尔娅舍娃(1812—1865),普希金于一八二八年与她在特维尔省沃尔夫的庄园认识。这首诗就是写给她的。
③ 俄国的一个省名。
④ 误传为拜伦所作的同名长篇小说的主人公。

狡狯的微笑和机灵的眼神。
如果不……我将在一年之后，
再一次踏着旧的脚印，
寻访您那可爱的地方，
直到十月末尽情爱您。

征　兆*

我去看您,仿佛有一连串
活灵活现的梦在把我缠搅。
月亮从我头顶的右上方,
伴着我勤快的脚步飞跑。

我离开您,于是另一些梦……
忧伤充满了钟情的心,
月亮从我头顶的左上方,
伴我的脚步踽踽而行。

我们诗人也和这一样,
永远孤独地沉湎于幻想;
一些迷信的征兆也如此
与心中的感情一齐消长。

---

* 这首诗是诗人献给女友克恩的。

* * *

夜幕笼罩着格鲁吉亚山冈,①
阿拉瓜河在我面前喧响。
我忧伤而又舒畅,哀思明净;
你的倩影充满我的愁肠,
你,只有你一人……无论是什么
都无法惊扰折磨我的心,
心儿又再次燃烧,又要去爱,
因为,不爱你它不能。

---

① 这首诗系普希金在赴外高加索作战地区的途中所写。

* * *

冬天。我们在乡下该做什么?①
我询问给我端来早茶的仆人:
天气暖和吗? 暴风雪是否已停?
地上可有积雪? 能不能起身,
骑马转一转,或者还是翻一翻
向邻居借的旧杂志直到吃午饭?
新雪遍地。我们起了床上坐骑,
在田野信马闲行,沐浴着晨曦;
鞭子握在手,身后追赶着猎狗;
我们朝苍白的雪地定睛细看,
转转、跑跑,天色已经不早,
纵狗追不着双兔,便往家转。
多快活啊! 黄昏了,风雪咆哮;
烛光幽微,愁绪紧压心头,
点点滴滴,啜饮寂寞的苦酒,
想念书,两眼枉然扫过字母,
神思悠远……我便合上了书,
我拿起笔,坐下来;我想强迫
睡意朦胧的诗神胡诌上几句,
但声韵不合辙……我已失去
对诗韵这奇怪女侍的一切权利:

---

① 这首诗和下面的《冬天的早晨》,皆写于普希金赴彼得堡途中于帕·伊·沃尔夫的特维尔庄园做客期间。

诗句苍白、拖沓,冰冷而朦胧。
我心灰意懒,不想再跟竖琴争论,
我走进客厅,听到人们谈着
当前的选举和制糖工厂的事情;
女主人和天气一样紧锁眉尖,
灵巧地拨动着编织用的钢针,
或用纸牌红心的王给人算命。
苦闷啊! 这样寂寞地苦度光阴!
但如黄昏时我们在屋角下跳棋,
忽然从远方驾着车朝荒凉的村寨
来了一家人:老太太和两个少女
(姊妹俩都是浅黄鬈发和苗条身材),
这偏僻的角落顿时会热闹起来!
我的上帝,生活变得多丰满!
开头是些凝神而斜视的目光,
继而说几句,接着就是交谈,
然后是会心的微笑,晚会的歌声,
飞旋的华尔兹,桌旁的细语绵绵,
慵倦的目光,还有轻佻的语言,
窄窄的楼梯上的幽会迟迟不肯散;
于是少女趁昏暗走出了门阶;
袒露粉颈和酥胸,任风雪扑面!
但北方的风暴无伤俄国的玫瑰,
严寒天的一吻该是炽热的火焰!
飘雪时的俄国少女有多么鲜艳!

冬天的早晨

严寒和阳光；多么的晴朗！
我俏丽的朋友，你还在梦乡；
美人儿，该起身了，醒醒吧！
放开你被愉悦遮蔽的目光，
你变成北国的一颗晨星吧，
出现在曙光女神的身旁。

曾记否，昨夜风骤雪乱，
在昏暗的天空到处逞狂；
月亮宛如苍白的斑点，
从云端透射黄色的冷光，
你也满怀忧伤地坐着，
可现在……快向窗外探望：

在那蓝莹莹的天穹之下,
白雪上闪着艳红的阳光,
犹如一条条华美的地毯;
只有透明的树林黝黑如常,
枞树透过白霜泛出翠绿,
河水在冰层下闪闪流淌。

满屋都辉映着琥珀的光彩。
在一只生火的炉子近旁,
响起了噼噼啪啪的欢歌。
多么惬意啊,在暖炕上遐想。
不过你可知道,现在该吩咐
驾栗色牝马拉雪橇去奔忙?

滑过清晨的茫茫雪原,
好朋友,让我们纵马前往,
驱赶着不慌不忙的马,
去把空闲的田野拜访,
拜访不久前还茂密的森林,
和河滨这块亲切的地方。

* * *

我爱过您:也许,我心中,①
爱情还没有完全消退;
但让它不再扰乱您吧,
我丝毫不想使您伤悲。
我爱过您,默默而无望,
我的心受尽羞怯、忌妒的折磨;
我爱得那样真诚,那样温柔,
愿别人爱您也能像我。

---

① 这首诗是写给安·阿·奥列宁娜的。

* * *

我们走吧,无论上哪儿我都愿意,①
朋友们,随便你们想要去什么地方,
为了远离骄傲的人儿,我都愿意奉陪:
不管是到遥遥中国的长城边上,
也不管是去人声鼎沸的巴黎市街,
到塔索不再歌唱夜间船夫②的地方,
那里在古城③的灰烬下力量还在昏睡,
只有柏树林子还在散发着馨香,
哪里我都愿去。走吧……但朋友们,
请问我的热情在漂泊中可会消亡?
我将要忘却骄傲而折磨人的姑娘④,
还是仍要到她跟前忍受她的怒气,
把我的爱情作为通常的献礼捧上?
……………………………………

---

① 普希金此时心情不佳:因擅自去军队而受到当局的严厉斥责之后,又遭到娜·尼·冈察洛娃(未来的妻子)的冷遇,因此提出去法国或意大利旅行,或随派往中国的外交使团同行的申请,结果也遭到拒绝。
② 指意大利威尼斯的小游艇划手,塔索之所以不能把他们歌唱,是因为当时威尼斯正被奥地利人占领。
③ 指两千年前古罗马的一些毁于火山喷射的城市,在普希金的时代已被完好无损地发现。
④ 指他的未婚妻娜·尼·冈察洛娃。

* * *

不论我漫步在喧闹的大街,
还是走进人很多的教堂,
或者坐在狂放的少年当中,
我总是沉湎于我的幻想。

我自言自语:岁月如飞,
这里无论我们有多少人,
都将要走进永恒的圆拱——
有些人的寿限已经逼近。

每当我望见孤零零的橡树,
我总想:这林中长老的年轮,
将活过我湮没无闻的一生,
如同他活过了多少代先人。

每当我抚爱我可爱的婴儿,
我早就想向他说声:别了!
让我来给你腾个位置吧:
我该腐朽,你风华正茂。

对于每一天,对于每一年,
我惯于让思索给它们送行,
我努力从岁月中猜度出,
何年何日将是我的忌辰。

命运将在哪里给我派来死神？
在战场，客中，还是浪尖？
或者是将由附近的峡谷，
来把我这具寒尸收敛？

纵然对无知觉的尸体来说，
在哪里腐烂反正都一样，
但我仍愿意我的长眠处，
尽量靠近我可爱的地方。

但愿在我的寒墓入口，
将会有年轻生命的欢乐，
但愿淡漠无情的大自然，
将展示它永不衰的美色。

高 加 索

高加索在我身下。我兀立山巅,
在悬崖边缘的积雪之上出现,
一只苍鹰从远方的峰顶腾起,
几乎不动地翱翔在我的眼前。
从这里我见到了急流的源头,
和那可怕的雪崩的初次塌陷。

这里,乌云在我脚下温顺地飘移,
透过云层传来了瀑布倾注的喧响;
云幕底下矗立着光裸的巨崖险壁;
往下已有枯索的苔藓和灌木生长;
再往下面便是丛林和绿色的阴翳,
野鹿匆匆奔跑,小鸟则啾啾鸣唱。

在那里,一些人家居住在山坳,
只只白羊沿着青绿的陡壁攀高,
一个牧人朝着欢乐的谷地下山,
阿拉瓜河在狭窄的两岸间迅跑。
一个贫穷的骑手掩藏在山谷中,
捷列克河正充满狂喜,急浪滔滔。

它像一头从铁栏外见到食物的
初生的兽犊那样在咆哮、戏玩,
怀着枉费心机的敌意向河岸冲激,

用如饥似渴的波浪舐吮着山岩……
但却枉然！没有食物，没有欢愉：
沉默的峭壁可怕地把它夹在中间。

雪　崩

巨浪拍打阴郁的巉岩,
喧响不息,飞沫四溅,
苍鹰在我头顶上鸣叫,
　　松林在哀怨,
在雾海浮沉的崇山峻岭
　　正亮着银冠。

有一次突然从峰顶塌落
一大堆冰雪,它隆隆作响,
在峭壁间的深谷夹道中
　　筑起了屏障,
于是挡住了捷列克河
　　滔滔的巨浪。

捷列克河啊,你筋疲力尽后
安静了,突然停止了咆哮;
但又百折不回,怒捣冰雪,
　　凿出了通道……
你野性大发,淹没了两岸,
　　一片水滔滔。

崩裂的冰层一直躺在谷中,
这庞然大物仍未见消融,
愤怒的捷列克从底下冲过,

它掀起水尘
和喧嚣不息的飞沫,润湿着
　　　冰冷的苍穹。

头顶上有一条宽阔的通路:
沿着它,骏马奔驰,老牛移步,
草原的商人一步步前行,
　　　牵着匹骆驼,
如今只有风神这空中居民
　　　从这里驰过。

卡兹别克山上的寺院

　　卡兹别克,你雄伟的天幕,
高高俯瞰着层峦叠嶂,
闪耀着这永恒的光辉。
有如天上的方舟翱翔,
你的寺院耸立在云端①,
依稀飞翔在群山之上。

　　我所渴望的迢迢的彼岸!
我真想对峡谷说声"再见",
然后攀上那自由的峰顶!
我真愿意和上帝为邻,
到那云外的禅室隐身!……

---

① 指古老的格鲁吉亚教堂茨明达·萨灭巴。

* * *

当鼓噪一时的流言蜚语,①
玷污你那青春的年华,
你便会丧失对荣誉的权利,
处在上流社会的判决下。

在这薄情的世人之中,
惟独我一人与你分忧,
为你向着漠然的神像,
发出毫不灵验的祈求。

但上流社会……决不会改变
它那残酷无情的惩罚:
它不会鞭挞自己的谬误,
反却替它们隐恶作假。

上流社会的爱慕虚荣,
它对伪善的孜孜追逐,
应受我们同等的蔑视:
让心儿披上忘怀之幕;

切莫啜饮这痛苦的毒酒;
快从闷人的花花世界出走;

---

① 这首诗是写给阿·费·扎克列夫斯卡娅的。

抛下这些疯狂的欢娱吧，
惟独我一人是你的朋友。

题征服者的半身雕像*

在这里你枉然发现败笔：
艺术的妙手把一丝微笑
挂到这大理石铸的嘴边，
怒气抹在冰凉光亮的额角。
其貌不诚实并不是无因。
这位统治者也就是这样：
习惯于互相矛盾的感情，
相貌和生活与丑角相仿。

---

* 这是指亚历山大一世的半身雕像，为丹麦雕刻家托瓦尔辛（1768—1844）一八二〇年于华沙所作。

寄赠人面狮身青铜像附诗*

谁在雪原培植忒奥克里托斯①咏赞的玫瑰？
谁在这铁的世纪预言过黄金的世纪？
那希腊心、德国生的斯拉夫青年是谁？
这就是我的谜。狡猾的俄狄甫斯②，你猜！

——以上顾蕴璞译

---

* 当杰尔维格 1829 年将其新出版的诗集赠给远在高加索的普希金时，普希金即寄去人面狮身青铜像作为回赠，并题此诗。
① 忒奥克里托斯(公元前 310—250)，古希腊田园诗人。
② 据希腊神话，底比斯境内有一人面狮身怪物，即斯芬克司，遇路人即提出谜语，猜不中的必死。只有俄狄甫斯猜中谜语，并杀死了怪物。

* * *

我的名字对于你有什么意义?①
它像拍击遥远海岸的沉闷涛声,
它像密林深处的夜半的幽响,
不会再在这个世界上留存。

在一篇纪念性的文章中,
它会留下无声的痕迹,
就像用难以辨认的文字
刻在墓碑上的潦草字体。

能有什么意义呢?在奔波
和烦扰中你早已把它忘记,
它也不会给你的心带来
什么清晰的温柔的回忆。

但是,当你悲苦时,在静夜里,
你会满怀柔情地叨念起我的名字,
你将会说,世界上还有人记得我,
还有一颗心为我跳动不已……

---

① 这是应波兰美女卡罗琳娜·索班斯卡娅之请写在她的纪念册上的诗。诗人在流放南方时曾见过她,后来,在彼得堡又再度与她相遇。

* * *

当我紧紧拥抱着①
你的苗条的身躯,
兴奋地向你倾诉
温柔的爱的话语,
你却默然,从我的怀里
挣脱出柔软的身躯。
亲爱的人儿,你对我
报以不信任的微笑;
负心的可悲的流言,
你却总是忘不掉,
你漠然地听我说话,
既不动心,也不在意……
我诅咒青年时代
那些讨厌的恶作剧:
在夜阑人静的花园里
多少次的约人相聚。
我诅咒那调情的细语,
那弦外之音的诗句,
那轻信的姑娘们的眷恋,
她们的泪水,迟来的幽怨。

---

① 这是普希金写给他的未婚妻娜·尼·冈察洛娃的信。

给 诗 人

诗人！切莫看重时人的癖好。
狂热捧场的片刻喧闹即将平静；
你会听到蠢货的指责、群氓的嘲笑，
但是，你要镇静，你要沉着、坚定。

你就是主宰：你要掌握自己的方向，
走上自由的智慧指引的自由大道，
要把你自己设计的作品细刻精雕，
这种高尚的业绩并不要求奖赏。

作品是你的创造。你是自己最高的裁判；
你会比任何人更严刻地对它进行评断。
你是否感到作品完美，严格的艺术家？

感到完美？那就任他们去胡说，
任他们在燃烧你的心火的祭坛前作恶，
任他们顽童一般摇晃你那三脚架。

圣 母[*]

我从来不愿意用古典大师们
许多作品装点我的居室,
使得来访的人盲目地吃惊,
听取鉴赏家们自我吹嘘的解释。

在工作间歇时我百看不厌的画
只有挂在素洁屋角的那一幅:
画面上仿佛从彩云中走下
圣母和我们的神圣的救世主——

她的神态庄严,他的眼中智慧无量——
他们慈爱地望着我,全身闪耀着荣光,
没有天使陪伴,头上是锡安[①]的芭蕉树。

我的心愿终于实现了,造物主
派你从天国降临到我家,我的圣母,
你这天下最美中之最美的翘楚。

---

[*] 这首诗是献给诗人的未婚妻娜·尼·冈察洛娃的。诗中提到的那幅画是意大利画家皮耶特罗·班鲁琴(1446—1524)的作品。诗人在信中写道:"……我长时间地停留在这幅画着淡黄头发的圣母像前,她的容貌和你相似得有如两滴水珠那样没有区别。"诗人还开玩笑地写道:"如果它的售价不是四万卢布的话,我就把它买下了。"诗中对这幅画作了描述。
[①] 耶路撒冷所在地的一个山冈。

鬼　怪

乌云在奔驰,在翻卷,
人不知鬼不觉,月光
偷映出雪花的飞旋;
天阴沉着脸,夜色茫茫。
我乘车在旷野里赶路,
铃声丁零零——丁零零……
走在这神秘莫测的原野上,
令人不由得胆战心惊!

"喂,车夫,快点走!……""不行啊:
老爷,马儿走不动;
暴风雪打得我睁不开眼睛,
道路全被大雪掩封,
即使打死我,路也看不清;
我们迷路了。怎么办?显然,
旷野上的鬼怪在戏弄我们,
使我们在原地打转。

你瞧,它就在那儿玩儿呢,
又吹风,又把唾沫向我吐;
看哪,我那野性勃发的马儿
正在被它推下山谷;
它一忽儿变得出奇地高大,
令人厌烦地站在我的面前,

一忽儿又化作小小的火花,
一闪一闪地没入黑暗。"

乌云在奔驰,在翻卷,
人不知鬼不觉,月亮
偷映出雪花的飞旋;
天阴沉着脸,夜色茫茫。
我们已无力再打旋,
马儿停蹄,铃儿也不作响……
"你瞧,那里是什么?"
"谁能知道?是树桩还是狼?"

暴风雪在怒号,暴风雪在哭泣;
敏感的马儿在打响鼻儿;
瞧那鬼怪又在向前跑,
暗夜里,闪着两只眼睛;
马儿接着往前走,
铃声丁零零,丁零零……
在闪着白光的原野上,
我看见聚集着一群幽灵。

鬼怪丑陋不堪,大得无边,
这些鬼怪乘着月暗,
正在跳跳蹦蹦转圈圈,
像十一月落叶随风飞旋……
鬼怪有多少!要被赶到何处?
为什么歌声都那么凄苦?
是埋葬了老妖大放悲声,
还是妖女出嫁难以割舍父母?

乌云在奔驰,在翻卷,
人不知鬼不觉,月光
偷映出雪花的飞旋;
天阴沉着脸,夜色茫茫。
鬼怪一群一群地急驰,
正在无边无际的天空,
用它们幽怨的叫声和哀号
撕扯着我的心胸……

哀 歌

　　　　想起过去荒唐岁月的那种作乐，
我就心情沉重，像醉酒般受折磨。
对时日飞逝的伤怀也像酒一样：
时间过得越久，心头越觉得苦涩。
我的道路坎坷难行。未来啊，
滔滔大海只会带给我悲哀和劳作。

　　　　但是，我的朋友啊，我不想离开人世；
我愿意活着，思考和经受苦难；
我相信，生活不仅是操劳、灾难和烦扰，
总会有赏心悦目的事和我相伴：
有时我会再次在和谐声中陶醉，
有时会因为捏造、中伤而泪洒胸前，
也许，在我悲苦一生的晚年，
爱情会对我一展离别的笑颜。

工 作*

　　我渴望的时刻来到了：多年的创作终于完成。
　　　　为什么一种莫名的感伤悄悄烦扰着我？
　　是由于功业告成，我便如多余的短工般呆立着，
　　　　领取报酬后，却不愿去从事另一项工作？
　　还是不愿告别老行当，这长夜相随的无言的伴侣，
　　　　金色的奥罗拉①的朋友，神圣家神②的友人？

---

* 这首诗写于一八三〇年九月末，诗体长篇小说《叶甫盖尼·奥涅金》脱稿之时。
① 罗马神话中的曙光女神，即希腊神话中的厄俄斯。
② 原名为珀那忒斯，罗马神话中的家神。

途 中 怨

有时徒步,有时骑马,
有时乘四轮马车,带篷马车、
轿式马车、运货大车,
我还要过多久这样的生活?

看来,上帝注定了我的结局:
不是在祖传的洞穴里倒毙,
不是埋葬在父辈的墓地,
而是要在大道上死去。

死在马儿踏过的石板上,
死在车轮碾过的山坡上,
或是被大水冲到山沟里,
或是死在被拆毁的桥旁。

或者感染上了黑死病,
或者被严寒冻得僵硬,
或者被拦路打劫的伤兵
用木棒结果了我的性命。

或者正好走在树林里.
被凶恶的土匪一刀扎死,
或是在某地的检疫所里
由于寂寞难耐而告别人世。

我为这饥肠辘辘所苦,
这非本愿的吃素还要多久?
总让人怀念雅尔①的蘑菇,
就像怀念冷盘小牛肉?

若是待在原地不动,
在米雅斯尼茨基大街②上兜风,
闲来无事,思量着购买田地,
想着未婚妻,那才叫其乐融融!

能喝上一杯罗木酒多好,
晚上睡个好觉,早上喝杯茶;
弟兄们,真是在家千日好!
嘿,快马加鞭呀,哈,哈!……

---

① 莫斯科旧日的餐馆。
② 莫斯科基洛夫大街的旧称,手稿中写为"尼基茨基大街",娜·尼·冈察洛娃即住在这条街上。

永 诀

我亲爱的人儿,在默想中,
我大胆地最后一次拥抱你。
往日的欢乐在心头浮起,
我满怀忧伤和温柔的回忆
饱享你对我的爱的赐予。

我们的岁月在奔驰,流逝,
改变着一切,改变着我们。
对于你所爱的诗人来说,
你已经蒙上一层坟墓的暗影。
对于你来说,你的朋友已经消失。

远方的爱人啊,我向你致意,
你要像一个孀居的妇人那样,
你要像一个好的朋友那样
(默默地拥抱即将服刑的朋友),
请接受我深情的寄语。

* * *

我的红光满面的批评家,大肚皮讽刺家,
你总是想嘲笑我们的倦怠的缪斯,
到这儿来吧,请坐在我的身边,
让我们来排遣这可诅咒的忧郁。
请看这里的景象:一排残破的村屋,
屋后是黑土平原,一块漫坡地,
屋顶上飘着一片灰暗的阴云。
哪里是金色的田野?哪里是绿茵茵的树林?
哪里是小溪?矮篱笆围起的院落里,
触目的仅是两株可怜的小树。
而且只有两株。其中的一株
已被秋雨淋打得完全光秃,
另一株上水淋淋的树叶颜色枯黄,
只待北风起的时候落入泥途。
这就是一切。院内甚至没有一条活狗,
不过,倒是有个农夫,两个老婆跟在身后。
他没有戴帽子,腋下夹着孩子的棺木,
远远地他就向牧师懒惰的孩子高呼,
快去把爸爸叫来,把教堂的大门打开,
快些!不能再等待!早就该把他掩埋。

"你为什么皱眉头?别总是那么不高兴!
可否唱只快乐的歌儿给我们听?"

"到哪儿去?""到莫斯科去。伯爵命名日
我可不能在这里闲逛。"
"且慢,检疫所!
要知道我们这里流行一种印度传染病①。
就像呆在阴郁的高加索大门口,请坐,
你的忠顺的仆人就曾经这样坐着;②
怎么样,老弟? 不开玩笑? 哈哈,你也这么难过!"

---

① 霍乱。
② 普希金刚从埃尔祖鲁姆返回时,因黑死病流行,在阴郁的高加索大门口古麦尔检疫所呆了三天。

英　雄

> 什么是真理？①

友　人

是的，荣誉有一个怪癖，
它像一条火舌到处游荡，
在它选定的人的头上飞旋，
今天离开了这个人的身上，
明天在那个人的身上升起。
人们习惯于不假思索地
一味顺从地追踪着新奇。
被这条火舌燎过额头的人
我们都认为神圣之极。
在王宫中，或是在战场上，
或者在其他公民当中，
你看这样多的候选人，
谁最能征服你的心？

---

① 题词是新约故事中罗马总督彼拉多审讯耶稣时提的问题。这首诗是由于尼古拉一世于一八三〇年九月二十九日在霍乱病流行时来到莫斯科而写的。诗末注明的日期即为尼古拉一世到达莫斯科之日（实际上这首诗写于同年十月）。根据普希金的要求，发表时未署名，诗人死后，作者才为人所知。

诗 人

就是他,是他,那个好战的异邦人①,
一个个国君向他弯下腰身,
就是这位自行加冕的军人,
他已经消失了,如霞光一瞬。

友 人

他那奇迹般的星辰何时
征服了你,使你着迷?
是他立马阿尔卑斯山顶,
遥望神圣的意大利谷底;
是他威武地掌握着大旗,
掌握着专制者的权杖;
是他将战争的猛烈的火焰
带到远远近近的家邦;
是一个连接一个的捷报
从这里、从那里向他飞递;
是这位英雄的军队
浪涛般的拍击着金字塔的基石,
也许莫斯科一片荒凉,
迎接了他,却沉默不语?

---

① 指拿破仑。接着,普希金提到使拿破仑崭露头角的一七九六年至一七九七年的意大利战役;一七九九年他搞了改变,一七九八至一七九九年远征埃及,最后是一八一二年占领莫斯科。

诗　人

　　　　不,我看到他不是在战斗中,
　　不是在幸福的温床上,
　　不是在他成为恺撒的快婿①,
　　不是当他坐在岩石上②
　　忍受着寂寞的严酷的刑罚,
　　人们用英雄的诨名将他嘲弄,
　　他身上依旧披着战袍,
　　静静地等待死神的引领。
　　我看见的不是这般情景!
　　我看到有一长列病床③,
　　每张床上躺着一具活尸,
　　致命的黑死病(病中之王)
　　正吞噬着每一个病人……
　　面对这种非战斗的死亡,
　　他心情沉重地进行慰问,
　　冷静地握住病人的手,
　　于是,这些濒死的人
　　顿时又焕发了新的劲头……
　　我对天起誓:谁面对死神
　　挺身而出对付恶病,
　　使垂死的人恢复活力,

---

① 一八一〇年,拿破仑与奥地利皇室公主马利亚-露意丝结婚。
② 指圣赫勒拿岛。
③ 布里耶恩·路易(1769—1834),拿破仑的秘书,一八二九年至一八三〇年出版了十卷集《布里耶恩回忆录》,作者千方百计地"揭露"拿破仑,否定了关于他在远征埃及时曾到黑死病患者医院去探视,接触过一些患者,鼓励他们的这件事。此诗写成后,发现《布里耶恩回忆录》是伪造的。

我发誓:他就是天庭的友人,
不管混浊的尘世做出
怎样的判决……

友　人

这是诗人的幻想,
严刻的历史学家不会承认它们!
啊!他的声音①一旦传开——
人世的魅力又向哪里去寻!

诗　人

如果世人都庸庸碌碌、
贪得无厌、惯于献殷勤,
以此讨得别人的欢心,
世上的真理就该受到诅咒!
不!使我们变得高尚的谎话
比卑劣的真理我更珍重……
给英雄留下一颗心吧!没有它
他将是怎样的人?一个暴君……

友　人

你就宽慰自己吧…………

1830 年 9 月 29 日
莫斯科

---

① 指《布里耶恩回忆录》。

* * *

我记起早年学校生活的时期;①
许多孩子都像我们这样,无忧无虑;
像一家人,天真活泼,年龄参差不齐。

一个衣着非常简朴、很善于自律,
而看上去却庄重大方的女人,
严格地管理着学校,井然有序。

有时,我们一大群将她围在当中,
她便用和蔼可亲的、甜蜜的语言
和我们这些孩子们聊上一阵。

我记得她的额头平润有如床单,
两只眼睛有如晴天一样的明朗。
但是,我却很少注意她的教言。

---

① 在手稿中注明,这个片断一八三〇年写于鲍尔金诺,普希金未加标题,亦未发表,直到不久前,它还是一个不可解之谜。研究家们往往倾向于把它说成是诗人在风格上"模仿但丁"的作品(因为它采用了《神曲》的分节形式——三韵句法),是叙述自己童年或学校时代生活的自传体诗作。早年,普希金把学校比做修道院,把自己比做修道士。但是,在艺术上成熟之后,普希金的这类模仿就很少了。同时,根据这个勾勒可以看出,普希金开始构思关于"下地狱"之前的但丁青年时代的长诗,也是按普希金很熟悉的拜伦所写的(也是写《神曲》的作者,也是采用三韵句诗体)关于但丁"回到"人间之后的那首长诗《但丁的预言》来写的。无论这个片断是什么,它绝不是模仿,而是普希金的杰出才华的一种最光辉的表现,他没有改变本色,诗中贯穿着各个时代和各民族的哲学观点和美学思考。别林斯基认为,这个片断首次把俄国读者引入《神曲》的艺术世界和向他们展示作者的真正伟大之处,并不是没有根据的。

她的额头、平静的双唇、她的目光——
庄重的美,加上她的圣洁的话语,
都搅扰着我的心,使我难免惆怅。

我一面回避着她的责备、她的劝谕,
一面对她真诚的谈话的明白含义
不作正确的解释,反而加以歪曲。

我常常悄悄地在庄严迷人的夜里
跑出了学校,溜进别人家的花园,
在绯红色岩石砌成的拱顶下隐蔽。

在那里,我通体感到凉爽和舒坦,
我任我少年头脑里的种种幻想驰骋,
悠远无拘的想象给了我多少慰安。

我喜爱清澈的流水、树叶的喧声,
我喜爱树荫下那些白色的石雕,
和它们那沉思默想的感伤的面容。

所有这些圆规和竖琴的大理石雕,
握在大理石手里的刀剑和文卷,
头上的桂冠和肩上帝王的大红袍——

所有这一切使我产生某种甘甜,
某种敬畏;每当我看到了它们,
灵感的泪水便充满我的双眼。

还有两个作品真可谓巧夺天工,①
它们以其魔幻般的美吸引着我:
这俨然是两个魔鬼的逼真造型。

一个(阿波罗的偶像)年轻的,让人着魔——
他的脸上是愤怒,是可怕的傲慢,
一种非人间的力量使它生机勃勃。

另一个造型是妇女,充满无边欲念,
一个怀疑一切的和伪善的理想——
神奇的恶魔——伪善,但却美艳。

面对它们我连自己都忘得净光;
一颗年轻的心在胸中跳动,冷流
跑遍我的全身,我感到十分恐慌。

由于过早地希求还属未知的享受
使我大吃苦头——灰心加上慵懒
捆住我的手脚——我的青春年华虚度。

在少年们中间我终日里默默无言,
皱着眉头流荡——所有花园里的偶像
都把它们的影子抛向我的心坎。

---

① 阿波罗和维纳斯的雕像。

* * *

你离开了这异邦的土地,
向祖国遥远的海岸驶去;
在那永世难忘的悲伤时刻,
我在你面前抑制不住地哭泣。
我的一双冰冷的手,
竭力想要把你挽留;
我恳求你不要松开拥抱,
在这断肠的别离的时候。

但是,你却把唇儿移开,
扯断了这痛苦的一吻;
你要我摆脱流放的生活,
黑暗的生活,到异地去安身。
你说:"我等待相会的日子,
头上是永远蔚蓝的天空,
在橄榄树下,我的朋友,
我们将重温爱的热吻。"

唉,就在那个地方,天穹
蔚蓝蔚蓝的一片光明,
水中倒映着橄榄树影,
你却长眠,一梦不醒。
你的美貌,你的苦痛,
全都消失在墓穴之中,

连同那再会时的抱吻……
可是我等着它;你曾应允……

我 的 家 世 *

俄罗斯一群耍笔杆儿的人
对同行进行恶毒的嘲笑,
他们硬说我是一个显贵①,
请看,这简直是胡说八道!
我既无军职,又非文官,
没有凭十字纹章登贵族之门②,
我既不是鸿儒,也不是教授,
我只不过是一个俄罗斯平民。

我理解时代的变化无常,
的确,我不想对这进行反驳:
我们有了新兴的门第,
而它越新就越是显赫。
我是式微门第的残余
(不幸的是,不只我一个人),
我是古代贵族的后裔,
诸位仁兄,一个卑微的平民。

---

* 俄皇尼古拉一世不准这首诗刊行,但是它的手抄本却广为流传,于是,也为诗人招来许多宫廷中的敌人。
① 一八三〇年,普希金直接参加了杰尔维格的《文学报》。与这个报纸论战的记者们把报纸发行人及其工作人员呼为"文坛显贵"。
② 按照彼得一世在一七二二年制定的"官级表",凡当过军官、八级文官,或获得服务三十五年勋章(即四级弗拉基米尔十字纹章)的人都成为贵族。

我爷爷没卖过油煎薄饼①,
没有给沙皇擦过皮鞋②,
没有和王宫执事同唱颂歌③,
没有一步登天变为公爵④。
在敷着发粉的奥地利军中,
他从来没有当过逃兵⑤,
我怎么能算是一个显贵?
感谢上苍,我只是一个平民。

我的先祖拉恰凭着力气
侍奉过神圣的涅夫斯基;
他的后代愤怒之王伊凡四世
对我的先祖也很怜恤。
普希金家族从此和皇室结交;
成为尼日哥罗德的市民⑥。
在同波兰人大动干戈时,
他们当中不少人立过功勋。

战争的怒火已经熄灭,
阴谋和叛变都已被摧毁,
人民于是做出了决议,

---

① 指亚·达·明什科夫公爵。据说,童年时,他曾在莫斯科街头卖过馅饼;他的曾孙亚·谢·明什科夫是尼古拉一世的私人朋友,担任要职。
② 暗指伊·保·库塔伊索夫。他先是保罗一世的近侍,后来,保罗一世把他升为伯爵,当了高官;他的儿子彼·伊·库塔伊索夫是枢密官。
③ 伊丽莎白女皇的情人(后来是不公开的丈夫)阿·戈·拉祖莫夫斯基伯爵,曾担任王官歌手。他的侄儿在亚历山大一世时任国民教育部长。
④ 暗指亚·安·别兹波罗德科公爵。他是叶卡捷琳娜二世时的一位著名国务活动家。
⑤ 彼·安·克莱因米赫尔伯爵的祖父严格地管理着军屯。与此相反,诗人简介了在许多世纪中曾参与创建俄罗斯国家的他的祖先的事迹。
⑥ 库兹玛·米宁。

让罗曼诺夫家族登上王位。
我们也在决议上签了字,
那个苦行人之子①也赏识我们。
过去,我们受过王室垂青,
过去……但现在,我是一个公民。

矢志尽忠给我们带来不幸:
远祖②耿直是他的脾性,
由于和彼得皇帝意见相左,
他竟然被处以绞刑。
这件事给我们一个教训:
当权者不喜欢有人和他争论。
雅可夫·多尔果鲁基公爵很幸运,
他善于做俯首听命的人。

彼得果夫宫廷政变之时③,
和米尼赫一样,我的祖父
也同样矢忠于彼得三世,
直到彼得三世被颠覆。
奥尔洛夫兄弟获得荣耀,
可是,我的祖父却被幽禁。
我们家族的刚直遭到挫折,
于是,我生来就是平民。

---

① 沙皇米哈伊尔·费奥多罗维奇(他的父亲是总主教费拉列特)被鲍里斯·戈都诺夫剃度为僧,后来,他又当了多年波兰的俘虏。
② 费奥多尔·普希金因参与反对彼得一世的阴谋活动被彼得大帝处以死刑。
③ 诗人大胆地指称尼古拉一世的祖母叶卡捷琳娜二世由于一七六二年六月二十八日宫廷政变而登极的事为叛变。政变中,普希金的祖父列夫·亚历山德罗维奇·普希金和米尼赫元帅仍忠于彼得三世。

我还保存着成捆的诏书，
上面盖有家族标识的印记①。
我没有同新贵交好，
我抑制着自己的傲气。
我只读书，我只写诗，
我是普希金，不是穆辛②，
我既非富翁，也不是王宫中人，
我自己就够伟大了：我是平民。

附　记

菲格里亚林坐在家里断言，
我的外曾祖黑人汉尼拔③
身价只值一瓶甜酒，
卖到了一位船长名下。

这位船长很有名望，
他旋转着我们的乾坤，
祖国之舟由他来掌舵，
乘风破浪，飞速前进。

我的外曾祖感到他和蔼可亲，
他这个被廉价购来的黑人
也就对他无限赤诚、坚贞，
但他不是沙皇的奴隶，而是亲信。

---

① 刻有普希金家族徽号的印章。
② 十八世纪，普希金家族式微，但它的旁系——穆辛·普希金却获得伯爵爵位，彼得一世死后成为显贵。
③ 指阿·彼·汉尼拔。

他的儿子名将汉尼拔①,
在切斯马湾海战中威风凛凛,
击败了土耳其强大的舰队,
又一举攻占纳瓦林。

菲格里亚林颇富灵感:
他硬说我是贵族中的平民。
他在那个可敬的家中又算什么?
他……他是小市民街②上的贵人。

---

① 指伊凡·阿勃拉莫维奇·汉尼拔(1736—1801)。
② 彼得堡的一条街,当时是罪恶的渊薮。布尔加林的妻子年轻时曾和这条街有过联系。

* * *

在欢娱或者百无聊赖的时刻,
我常常便拿起我的竖琴,
抒发我的慵倦、激情和狂热,
让它发出柔婉的声音。

每当你那庄严的歌声
使我的心儿猛地抖颤,
我便不由自主地停下来,
不再弹拨那俏皮的琴弦。

突然,我的泪水有如涌泉,
你的那些芳香的语言
像纯洁的圣油滴在我的伤口,
使我的良心感到慰安。

如今,从精神的高峰
你伸出手来抚摸我的创伤,
你的温柔,你的情爱
平息了我心中的渴望。

心中燃烧着你的火焰,
摒弃了对人间纷纷扰扰的厌烦,
于是,诗人便敬畏地倾听
六翼天使琴弦的震颤。

——以上丘琴译

最后的岁月

1831—1836

* * *

在这神圣的坟墓之前,①
我低头肃立,黯然神伤……
全都沉寂了,惟有神灯
在漆黑的殿堂放着微光,
把棵棵大理石柱和一排
垂悬的旌旗抹一层金黄。

在石柱和旗帜下躺着墓主,
这个北国卫队崇拜的偶像,
强国的年高望重的捍卫者,
曾经制服一切敌寇的猛将,
叶卡捷琳娜王朝一代英杰中
留存下来的最后一根栋梁。

在你的墓中洋溢着一片欢欣!
它向我们发出俄罗斯的声音;
它向我们反复提及那个年头:
一种充满着人民信念的声音,
曾向你圣洁的苍苍白发呼吁:
"去拯救吧!"你挺身而起保国卫民。

如今你再听听我们的心声吧,

---

① 这首诗写诗人在彼得堡喀山大教堂中库图佐夫墓前的沉思。

挺起身来,拯救沙皇和我们,
啊,严威的老人!请你面对
你所留下的团队的将士们,
到墓口片刻显一显你的雄姿,
鼓舞鼓舞我们的欢欣和热忱。

显现一下吧,并用你的手掌
为我们指出,在领袖们中间
谁是你的继承者、候选人!
但殿堂沉浸在默默无语中,
而你战墓中的永恒的梦境
依旧不动声色,一片寂静……

给诽谤俄罗斯的人们

人民的雄辩家,你们吵嚷些什么?
为什么诅咒俄罗斯,威吓俄国人?
是什么触怒了你们? 立陶宛的风潮?
别吵嚷了:这是斯拉夫人的争论,
这是一场用不着你们来调解的
为命运所决定的古老的家庭纷争。

多少年来,这些民族,
彼此敌视,仇怨很深;
一会儿他们,一会儿我们,
多次迎着风暴弯下腰身。
谁赢得这力量悬殊之争:
傲慢的波兰人或忠诚的罗斯人?
斯拉夫人的细流岂不汇成俄罗斯大海?
它就能枯竭? 这就是问题所在。

别吵嚷了:你们没有读过
这些染满了鲜血的碑文。
你们无法懂得家庭仇怨,
你们根本不懂其中底蕴;
克里姆林和布拉格不会理你们;
一种冒险的殊死斗争
莫名其妙地把你们迷住了——
因此你们才把我们憎恨……

为的是什么？回答呀：是因为
在那大火熊熊的莫斯科的废墟上，
　　我们没有认可那些使你们
　　发抖的人们的无耻意向？
　　或者是因为我们推倒了
压得各国喘不过气来的万众膜拜的神，
　　并且用自己的鲜血赎回了
　　欧洲的自由、荣誉与和平？……

你们嘴上很厉害，但干起来试试看！
难道这年迈的壮士，卧床上的亡人①，
连拧伊兹马伊尔②刺刀的力气都没有？
难道俄国沙皇的谕旨已经不起作用？
　　难道我们要同欧洲重新争论？
　　难道俄国人不再善于取胜？
难道我们人少？难道从佩尔姆到塔夫利达，
从芬兰寒冷的山崖到火热的科尔希达③，
从受到震惊的克里姆林宫
到岿然不动的万里长城脚下，
俄罗斯大地再也不能崛起，
任钢铁的鬃毛闪耀着光华？
雄辩家们，把你那恶狠狠的儿子
往我们的国家尽管派遣，
俄罗斯田野上有他们的地盘，
在他们并不陌生的墓地之间。

---

① 指苏沃洛夫(1729—1800)，俄国著名统帅。
② 乌克兰一城市。一七八七年至一七九一年俄土战争中，苏沃洛夫率俄军从土耳其手中攻取。
③ 西格鲁吉亚的古希腊名称。

鲍罗金诺周年纪念*

每当我们用追念兄弟的酒宴
把伟大的鲍罗金诺日缅怀,
总要说:"不少外族曾来进犯,
气势汹汹,要给俄罗斯降灾;
欧罗巴不是曾经倾巢出动?
是谁的星辰引他们到这里!……
但我们却坚定地站稳脚跟,
用胸膛奋力抵御听命于
傲慢的意志①的民族的进逼,
使力量悬殊之争势均力敌。

可如今他们一味自我夸耀,
竟忘却当年灾难性的逃跑;
忘记了俄罗斯的刺刀和白雪
把他们的光荣埋入荒村野郊。
熟稔的盛宴又把他们引诱——
斯拉夫人的鲜血醉人可口;
然而醉后他们会感觉难受;
不过他们的客子梦岂会长留,
在那北国田畴的禾苗之下,
在冰凉而拥挤的新居里头!

---

* 这首诗写于诗人听到俄国军队攻占华沙的消息之时;这件事正好发生在鲍罗金诺之战周年纪念日:一八三一年八月二十六日。
① 指拿破仑。

快来吧,俄罗斯在呼唤你们!
但你可要知道,我们的贵客!
波兰不会再为你们作向导,
你们可要从波兰的白骨上跨过!……"
这些话兑现了——在鲍罗金诺日,
我们的战旗又一次破阵闯入
再度陷落的华沙城的缺口;
波兰好像一团奔逃的士兵,
血染的战旗丢弃在尘埃之中,
被镇压的反叛便默不作声。

在战斗中阵亡者受到保护,
我们从不践踏敌人的尸骨;
如今我们不必给他们提醒:
人们把一个个古老的遗训
都保存在无言的传说之中;
我们不想焚毁他们的华沙,
他们看不见那专司报应的
女神那副金刚怒目的面容,
从俄罗斯诗人的竖琴之上,
不会听到怨天尤人的歌声。

而你们,议会中蛊惑人心的人,①
尽是些信口雌黄的雄辩者,
你们,平民遭灾的一种警钟,
是俄罗斯的死敌和诽谤者!
你们作何结论呢?……难道俄国人

---

① 指法国议会里的发言人。

还只是一个病弱的巨人?
难道北国的光荣还只是
怪事一桩,一场虚假的梦?
你们说,华沙是不是很快
对我们发布它高傲的法令?

我们该把要塞的版图推向何处?①
过布格②,到沃尔斯克拉③,利曼④?
沃雷恩⑤将要归属于谁?
谁将去占有波格丹⑥的遗产?
立陶宛承认了造反的权利,
是否会从俄国独立出去?
我们这衰朽的金顶的基辅,
这俄罗斯城市的远祖,
是否会让自己坟墓的圣地
去跟狂暴的华沙攀亲戚?

你们风暴般的喧闹和嘶哑的喊声,
难道能扰乱俄罗斯统治者的平静?
你们说吧:到底是谁低垂了头?
利剑或叫喊这两者谁占了上风?
俄罗斯是否还强盛?战争、流行病、
还有暴动,和国外风暴的逼攻,
丧心病狂地震荡得它不得安宁——

---

① 保守的波兰小贵族集团要求将乌克兰合并于波兰。
② 河名。
③ 河名。为第聂伯河左支流。
④ 乌克兰哈尔科夫州的一城镇。
⑤ 为西布格河上流和普里皮亚特河右方各支流,属于基辅罗斯的省份。
⑥ 波格丹·赫米尔尼茨基,十七世纪乌克兰人反抗地主波兰压迫的解放斗争的领袖。

你们看看吧,它仍然岿然不动!
在它周围,风潮全都已经平息——
波兰的命运却从此被注定……

胜利啊!心灵惬意的时刻!
俄罗斯,站起来,快快中兴!
轰鸣吧,这普天同庆的欢声!……
但你可要轻轻、轻轻地欢歌,
在他躺着的那张灵床的近边;
这奇耻大辱的强有力的复仇者①,
他征服了塔夫尔山②的峰巅,
连埃里温③都屈从于他的威严,
那三倍的诅咒给他编织好了
一顶苏沃洛夫式的花冠。

苏沃洛夫从自己墓中站起,
看见华沙已经成了俘虏;
在他开创的光荣的辉耀下,
他的幽灵也在抖个不住!
他,我们的英雄,他在为你祝福:
愿你解除痛苦,得到安宁;
愿你的战友们作战英勇,
愿传来你的凯旋的喜讯;
祝福他自己年轻的儿孙,
是他带着它向布拉格挺进。

---

① 伊·费·帕斯凯维奇,季比奇死后,是镇压波兰起义者的俄军的首领。
② 土耳其的山系。
③ 一九三六年以后称耶烈万,亚美尼亚城市。

回　声

　　无论是野兽在林中吼叫，
　　或吹起号角，或响起雷鸣，
　　或少女在山冈那边唱歌——
　　　　对于每一种声音，
　　你无不在那寂寥的空中，
　　　　顿时就作出回应。

　　你谛听着阵阵巨雷的轰响，
　　暴风雨的怒吼，巨浪的鼓荡，
　　还有乡间牧童的呼喊——
　　　　你给一切以反响；
　　可是对你却无人置理……
　　　　诗人，你也是这样！

* * *

皇村学校愈是频繁地①
庆祝自己神圣的校庆,
我们这个老朋友圈子,
愈是不敢结成大家庭,
这个圈子便愈少出现,
庆典就愈少欢乐气氛,
碰杯的声音就愈沉闷,
我们的歌声就愈多哀音。

人间的风暴一阵阵劲吹,
有时会突然间触及我们,
虽然身在年轻人的筵席,
心儿却常常会变得阴沉;
我们成长了;命运却预示
生活的考验也会光顾我们,
死神常常在我们中间徘徊,
并且指定自己的牺牲品。

有着六个已多余的职位,
再也见不着那六个友人,
他们天各一方地安眠着——
或此处殒命,或沙场葬身,

---

① 这首诗是为庆祝一八三一年十月十九日皇村学校二十周年而写。

或死在家里,或亡故他乡,
或被病压倒,或饱吞哀伤,
都被带进黑暗的湿土中,
为他们我们曾大哭过一场。

我似乎觉得该轮到我了,
亲爱的杰尔维格①在把我呼唤,
这活跃的青春时代的朋友,
这忧郁的青春时代的同伴,
一起唱过青年歌曲的同学,
和我们同赴过欢宴,一道幻想,
这位别我们而去的天才诗人,
正呼唤我们朝亲人的幽灵飞翔。

啊,亲爱的朋友们,让我们
把我们忠诚的圈子聚得更紧,
我已给长眠的人唱完了圣歌,
还要用希望祝愿健在的人们:
希望你们有朝一日再一次地
出现在皇村学校的酒筵之上,
再一次拥抱全体健在的同学,
对充当新的牺牲不必恐慌。

——以上顾蕴璞译

---

① 杰尔维格是至此时死去的六同学之一。他的死对普希金震动很大;预感到将在他之后死去,事实果然如此。

* * *

一

我们又向前走——我不禁毛骨悚然。①
一个魔鬼,蜷缩着他的魔爪,
凑近地狱烈火把高利贷者颠倒翻转。

热辣辣的脂油滴进烟熏火燎的铁槽,
火烤得高利贷者皮开肉绽。
我问:"这刑罚用意何在?请予指教。"

维吉尔②说:"孩子,此刑用意深远:
这阔佬向来贪财,生性凶恶,
他总是狠毒地吮吸债户们的血汗,

在你们阳间,他把债户任意宰割。"
火上的罪犯发出持续的叫声:
"啊,我不如跌进阴凉的勒忒河!

嗷,但愿冬天的雨能使我浑身发冷!
起码百分利:利息再少我不干!"

---

① 这首诗是普希金以戏谑的文字摹仿但丁的《神曲》第一部《地狱篇》写成的。
② 古罗马诗人维吉尔在但丁的《神曲》中,引导诗人游历了地狱。

噗的一声他爆裂了；我忙闭住眼睛。

这时候(真奇怪!)我感到臭气冲天，
像摔了个臭鸡蛋令人作呕，
又像检疫站看守已经把硫磺盆点燃。

我用手捂住鼻子，把脸朝旁边一扭。
智慧的向导却拉着我向前走去，——
他抓住铜环，轻轻提起了一块石头，

我们往下走——我在地底下看见了自己。

二

这时候，我发现了黑魆魆的一群恶魔，
远远望去犹如麇集的蚂蚁一般——
魔鬼们玩弄令人诅咒的把戏开心取乐：

一座玻璃山，像亚拉腊山①那样尖，
高高的山峰扫着地狱的拱顶，
山脉起伏伸延，横贯在昏暗的平川。

魔鬼们把一个铁球烧得通红通红，
臭爪子一松，火球就往下滚；
铁球跳跃着——山坡光滑一抹平，

喇喇地响着，四处飞溅着火星。
这时候另一伙急冲冲的魔鬼

---

① 据圣经：是亚述国北部的山地，位于今土耳其境内。

嗥叫着,飞跑着,去抓受刑的人。

他们抓来了我的妻子和她的姊妹,
剥去衣衫,呐喊着向下猛抛——
她们两个缩成一团,飞快地下坠……

我听见她们惨不成声的绝望嚎叫,
她们血肉模糊,玻璃扎进肉体——
魔鬼们兴奋到极点,个个手舞足蹈。

我从远处望着——困窘而焦急。

题亚·奥·斯米尔诺娃纪念册[*]

在上流社会和宫廷
灯红酒绿、华而不实的纷扰中,
我保持冷静的目光,
保持自由的理智,纯洁的心灵,
爱真理高尚的火焰,
诚挚善良,像一个天真的儿童;
我嘲笑荒唐的一群,
我的判断准确无误,睿智公正,
我把戏谑写上白纸,
辛辣的讥讽像漆黑的墨一样浓。

---

* 亚·奥·斯米尔诺娃—罗斯谢特接近皇室和宫廷,普希金劝说她把所见所闻写成《历史随笔》,为此赠送她一本纪念册,并把这首诗写在扉页上作为题词。

美 人 儿*

她的姿容奇美、和谐,
超脱凡俗,丽质高洁;
秀美中显得端庄凝重,
面含娇羞,文雅娴静;
她一双明眸环视四周,
没有敌手,没有女友;
我们一圈苍白的粉黛,
被她照耀得不复存在。

无论你匆匆去往何地,
纵然为爱情约会焦急,
无论有什么奇思妙想,
在你的心底秘密珍藏,——
遇见她,你会困窘慌乱,
不由自主地停步不前,
你心怀虔诚如对神明,
对美的极致由衷崇敬。

---

* 这首诗写在叶·米·扎瓦多夫斯卡娅(1807—1874)的纪念册上,她以美著称。

致×××

不,不,我不该、不敢、也不能
因沉溺于爱情的激动而神魂颠倒,
我要严格地保持我的平静安宁,
决不让我的心忘乎所以地燃烧;
不,我爱得厌倦了;可是为什么
有时我不能一心沉入片刻的幻想?
当年轻纯洁的天仙从眼前经过,
飘然而去,消失在神秘的远方……
难道我不能默默地端详一位少女?
心中怀着浸透甜蜜的怅惘与痛苦,
难道不能用眼睛追随她的身姿?
默默祝愿她欢乐,祝愿她幸福,
默默祝愿她一切如意,事事称心,
祝愿她精神愉快,生活无忧无虑,
甚至也祝福她所选择的意中人,
他将把这可爱的少女称呼为妻!

——以上谷羽译

* * *

白雪如微风吹起的涟漪
在洁净的田野闪着银光,
明月高照,一辆三套马车
飞驰在标着里程的大道上。

唱吧:在这旅途的寂闷时刻,
在路上,在这幽暗的夜色里,
唱一支快活大胆的歌儿,
让人感到又亲切又甜蜜。

唱吧,车夫!我会默默地
贪婪地聆听你的歌声。
明月洒下清冷的光辉,
风在远方凄切地悲鸣。

唱吧:《松明,小松明啊,
你为什么燃烧得不亮?》

*　*　*

亲家伊凡,只要酒盏一举,
我们必定会一个个想起
特列赫·马特廖、彼得和鲁卡,
尔后还会想起帕霍莫夫纳。
我们曾同他们和睦相处,
不管怎么样,想不想,
我们都应该悼念他们,
我们都应该将他们怀想。
我们这就来回忆回忆,
我们这就来开个头吧。
快斟酒呀,把每个酒盏斟满。
开始吧,亲家,是时候啦。
我们先用啤酒来追念
特列赫·马特廖、彼得和鲁卡,
然后用大蛋糕和葡萄酒
一起追念帕霍莫夫纳,
喔,还得要提起她:
须知从前有个女行家,
她从哪儿接受了什么——
我们将要把故事来述说。
而东正教古时的那些
壮士歌和天方夜谭,
那些俏皮插话和戏谑,
又是多么有聪明才智!……

听了让人满心喜欢。
宁肯不喝也不吃,
一直坐着听那些故事。
谁编造得如此合理合情?
老人嘛,不管什么时候
(可惜,现在没有空闲)
我们都应该悼念他们——
悼念这些人是应该的事……——
对吧,亲家,我先开始,
下一个故事就该轮到你。

秋*

（断　章）

那时有什么不进入我梦寐的脑中？
　　　　　　　　——杰尔查文

一

十月来临了——小树林从自己那
光秃的树枝上摇下最后的枯叶；
秋寒吹了一口气——道路封冻。
磨坊后的溪水还在淙淙地流泻，
但是池塘已经冻结；我的邻舍
带着狩猎用具正赶往远处的田野，
尽情的玩乐使秋播地备受蹂躏，
猎犬的吠声唤醒了沉睡的密林。

二

现在正是我的季节：我不爱春天；
泥泞和臭味使我生病；解冻天气令我难耐；
血在游荡；情感和思想被愁闷遮掩。

---

* 这首诗写于诗人一八三三年在鲍尔金诺度过的第二个秋天，也是他创作上丰收的时期，虽然比一八三〇年鲍尔金诺的秋天创作上的异常高涨稍有逊色。关于后者的回忆在这首诗收尾的几节（从第十节开始）里很容易地看出来。引诗出自杰尔查文的《给叶甫盖尼·兹凡卡的生活》一诗，这首诗也是写自己在兹凡卡田庄的日常生活的。

凛冽的冬天的天气我更为喜爱,
我爱它的雪;当月儿挂在夜空,
同女友乘雪橇飞驰——多么轻快、自在,
当她穿着貂皮衣服暖得发热,面孔绯红,
热烈而颤抖地握着你的手,多么开心!

三

多么愉快啊——足蹬锋利的冰刀
在冻结的光滑如镜的河面上滑行!
还有冬天的节日那种精彩的嬉戏?……
但是也不可说过了;雪一下半年不停,
要知道,即使是习惯于穴居的熊
最终也会厌倦。再说我们也不能
老是跟年轻的阿尔米达一起去滑雪橇,
也不能老关在双层窗里,在炉边烦恼。

四

啊,美丽的夏天!我也很喜欢你,
只要你不太热,没有灰尘和蚊蝇。
你在扼杀精神上的一切才能,
把我们折磨;我们像田地,苦于旱情;
似乎只有饮水来使自己凉爽——
别的想法我们没有,对冬妈妈我们怜悯,
我们用薄饼和红酒为她送了行,
然后又悼念她,用冰食和冷饮。

五

人们常常要诅咒那晚秋的时节,
但是,亲爱的读者,她却合我的意,
我爱它那温顺的、静谧的美。
就像家里一个无人疼爱的孩子
却博得了我的欢心。坦白地说吧,
四季里,秋季好处多,我就喜欢秋季,
然而我却不是那种爱虚荣的情郎,
我似乎有点发现,凭着任性的想象。

六

这到底如何解释?我喜欢它,
大概就像你们有时候会喜欢
一个患肺病的注定要死的姑娘。
可怜的人儿病怏怏,不发怒,不埋怨。
干瘪的嘴唇上还露着些微笑;
坟墓的深渊大张嘴,她不以为然;
深红的颜色还在她的脸上留存,
今天还活在世上,明天则香消玉殒。

七

忧郁的季节啊!真是美不胜收!
你那临别时的姿容令我心旷神怡——
我爱大自然凋萎时的五彩缤纷,
树林披上深红和金色的外衣,
树荫里,气息清新,风声沙沙,

轻绡似的浮动的雾气把天空遮蔽,
还有那少见的阳光,初降的寒冽
和远方来的白发隆冬的威胁。

八

每当秋天来临,我就又神采焕发;
俄罗斯的寒冷对我健康颇有裨益;
对于日常生活的习惯我又感到欢喜:
一次次感到饥饿,一个个睡梦飞逝;
热血在心里那么轻松愉快地跃动,
我又感到幸福、年轻,各种热望涌起,
我又充满了生命力——我的身体就是如此
(请原谅我这不必要的无诗意的句子)。

九

马牵来了;在一片辽阔的草原上
它把鬃毛摆了摆,就载着骑手驰骋,
在闪亮的马蹄下,冻结的山谷震得
得得作响,薄冰发出碎裂的声音。
但是短暂的白昼已尽,久别的壁炉
又生起了火——时而明亮的炉火熊熊,
时而微微燃烧——而我就守在炉边看书
或者久久地在遐想的王国里漫步。

十

就在这甜蜜的静谧中我忘却世界,
我的幻想催我进入甜蜜的梦境,

我心中的诗就这样渐渐地苏醒：
抒情的波涛冲击着我的心灵，
心灵颤栗、呼唤，它，如在梦中，
渴望最终能自由地倾泻激情——
这时一群无形的客人——往昔的相识
朝我走来，你们啊我的想象的果实。

十一

于是思潮在头脑里无顾忌地起伏，
明快的韵脚也迎着它前去一试，
手急于要找到笔，笔急于要找到纸，
一转眼——诗章便源源地流个不止。
这就像一只不动的船，在静水中昏昏欲睡。
可是，听！水手们突然各司其职，
爬上，爬下——一下子拉起帆，鼓满了风，
这庞然大物开始出发，破浪而行。

十二

它航行着。我们究竟漂向哪里呢？……
……………………………………………
……………………………………………

* * *

天保佑,可别让我发疯。
不,拐杖、乞袋也比这轻松;
　不,宁可工作和挨饿。
并不是因为我更看重
我的理性,并不是因为
　同理性分手不快乐。

如果我能够随心所欲,
我会多么淘气地奔向
　那幽暗的森林!
我会如痴似狂地歌唱,
在混乱神奇的梦幻里,
　放浪形骸,忘乎所以。

我会对波涛听得入迷,
我会满怀幸福的感情
　向着浩渺长空瞭望;
我会自由自在,浑身是劲,
像旋风,把田野刨翻,
　把树木折断。

一旦发了疯,这可是不幸,
你会像瘟疫令人丧胆,
　人们会立刻把你囚禁,

把你当成傻瓜,系上锁链,
人们还会把你当成野兽,
  隔着铁栅把你挑逗。

而夜里,能够听到的
不是夜莺嘹亮的啼啭,
  不是密林闷声的喧响,
而是自己同伴的叫喊,
和值夜看守骂街的声响,
  刺耳的尖叫,镣铐的锒铛。

                ——以上王守仁译

*　　*　　*

我在忧伤的惊涛骇浪中成长,①
岁月的洪流曾是那样长久地激荡,
如今沉寂了,显得短暂的睡意蒙眬,
水流中照出一面清澈明净的天空。

可是,这又能持续多久?……看上去,
那昏天黑地的日子,痛苦的诱惑,都已过去……

---

① 这是一首未完成的诗。

* * *

我的朋友,时不我待!心儿祈求安宁——①
日子一天天地逝去,我们的生命
随着岁月点点滴滴地消失,我同你
才要去享受生活,可是余生已所剩无几。
世上毫无幸福可言,但宁静与自由还有。
我早已向往得到这令人钦羡的自由——
我这个疲惫不堪的奴仆早曾想过,
要深居简出,生活安乐,从事创作。

---

① 这是普希金写给妻子的诗。她曾坚决反对诗人抛开一切,离开彼得堡去乡下专门从事文学创作的意愿。此外,诗人退职和脱离宫廷的要求也遭到沙皇方面的拒绝。

11*

黑心乔治之歌

并非两只狼在沟里争强斗胜,
而是父子俩在洞里恶语相讥。
老彼得罗咒骂自己的儿子:
"你是叛逆,你是可恶的坏痞!
你就是不怕得罪上帝,
你怎么竟敢同苏丹打仗,
去同贝尔格莱德总督争高低!
难道你生就有两颗脑袋?
要死,你自己去死,坏东西,
为什么还要全塞尔维亚遭灾?"
乔治脸色阴沉也不相让:
"看来,你大概越老越糊涂,
狂言乱语,真是不讲道理。"
老彼得罗越发怒不可遏,
火冒三丈,更加骂不绝口。
他心里盘算,要去贝尔格莱德,
向土耳其人供出不听话的儿子。
还要说出塞尔维亚人在哪里隐蔽。

---

* 一八二七年底,法国作家梅里美在巴黎出版了一本名为《居士拉》的歌曲集。普希金一八三四年写的组诗《西斯拉夫人之歌》(十六首),大部分就是据这本歌曲集比较自由地翻译过来的。第十一首《黑心乔治之歌》则纯粹是普希金的创作。普希金一八二〇年用浪漫主义的情调写了《给黑心乔治的女儿》。而后面这一首的叙事的格调则表现了普希金诗歌艺术现实主义深化的倾向。

他从黑暗的洞里走出来,
乔治追出来请求老人:
"饶恕我那些不经意说出的话,
你回来,父亲,你回来,回来!"
老彼得罗不但不听,还进行威胁:
"好吧,强盗,你等着瞧吧!"
儿子赶到了老人的前面,
一躬到地拜倒在他的脚下。
老彼得罗连瞧都没有瞧儿子一眼。
乔治又转到他的后边,
一把抓住他灰白的发辫。
"看在上帝的分上,回来吧;
不要逼得我走投无路,不敬上帝!"
老人十分气恼地将儿子推开,
径直走上去贝尔格莱德的道路。
乔治忍不住痛哭失声,
于是他从腰里拔出武器,
毫不迟疑地立即扣动枪机。
彼得罗身体晃动起来,随即叫道:
"乔治,我受伤了,快来帮我!"
当场他就断了气倒在大道上。
乔治一口气跑回洞里;
母亲迎面走来问乔治:
"怎么回事,彼得罗在哪里?"
乔治很严肃地回答他的母亲:
"老人吃午饭的时候喝得烂醉,
如今睡在去贝尔格莱德的路上。"①

---

① 普希金注:还有另一种说法,乔治对朋友们说:"我家老人已经去世,请你们从路上把他弄回来。"

母亲已经猜出出了什么事,
痛哭流涕地说:"你杀了你的父亲,
让上帝诅咒你,黑了心的东西!"
于是,从那时候开始,人们
就把乔治叫做**黑心人**。

——以上李海译

乌 云

暴风雨残剩的一片乌云！
你独自飞驰在湛蓝的天宇，
你独自投下来一片暗影，
给这欢乐的日子平添愁绪。

刚才你把苍天全遮没了，
闪电又恶狠狠地把你缠绕，
于是你发出神秘的咆哮，
用雨水使干渴的大地喝饱。

够了，你退隐吧！时候到了，
大地又复苏，雷雨已经过去，
风儿抚弄着树上的枝条，
要把你逐出这太平的天宇。

* * *

　　　　　……我又重游①
　　　一度流放的住地,在这里
　　　我悄悄生活过两个年头。
　　　自那以后又去了十载,
　　　生活对于我已大不相同,
　　　而我,顺从着普遍的规律,
　　　也有了改变,然而故地
　　　又触发了生动的回忆,
　　　似乎昨日我还漫步在
　　　这片树林里。　　瞧这小屋,
　　　奶娘曾伴我在此谪居。
　　　这老妇已经谢世,隔壁
　　　听不到她那沉重的步履,
　　　也不再有那殷勤的巡视。

　　　　在这树木丛生的山冈上,
　　　我常静静地坐着,独自个儿
　　　凝望下面的湖水,忧郁地
　　　回想他处的波涛和岸滩……②
　　　在金色耕地和绿色牧场间

---

① 写这首诗与普希金一八三五年秋天(一生中最后一次)来到米哈伊洛夫斯克村有关。普希金的奶娘死于一八二八年七月三十一日。
② 被放逐的诗人对克里木和敖德萨的回忆。

〔俄〕什马里诺夫 作

蔚蓝的湖水远远伸展开去。
一个渔夫正驾着他的小船，
拖着破网划开神秘的水面。
在那微微倾斜的湖岸上
散布着几个小小的村落，
村后那歪歪倒倒的磨房
勉强转动着翅翼……
　　　　　在一些
祖辈传下来的领地界上，
有一条大路向山里伸去，
在这被雨水冲蚀的路旁，
高高地耸立着三棵青松，
一棵远些，两棵紧紧相依。
每当我在月明风清之夜
骑着马从它们身边走过，
树梢便沙沙地向我致敬。
如今我又来到这条路上，
又看见路旁的三棵青松，
它们保存着往日的风姿，
只是那两棵的老树根旁
（那里曾经是一片荒凉）
如今长满了嫩绿的小树，
灌木像幼儿立在浓荫下，
绿色的家庭是多么兴旺！
但是远处那孤独的伙伴，
活像个老鳏夫，阴沉着脸，
它四周依旧荒凉。
　　　　　你们好，
我不曾认识的年轻的一代，
我已看不到你们茁壮成长，

等不到你们高过我的老友，
把它们的苍老的头顶遮盖，
叫过路的行人再也看不见。
让我的孙儿来听这沙沙声，
在与友人促膝谈心之后，
他乘兴深夜从这里经过，
满怀着欣喜的思绪回转
并把我缅怀。

彼得一世的盛宴*

涅瓦河上五彩缤纷，
风儿在舒卷着船旗；
水手们的嘹亮歌声
跌宕有致，整齐有力。
皇宫今日大开酒宴，
宾客尽兴，笑语不停，
涅瓦河畔排炮轰响，
连大地也为之一震。

彼得皇上为何宴请，
在雄伟的俄国京城？
为何欢声雷动，礼炮齐鸣，
河上还摆开了船阵？
难道俄国的刺刀和军旗
又增添了新的荣耀？
严酷的瑞典人这支劲敌
是否已经战败求和？

或许勃兰特①的小破船

---

* 普希金在他的《彼得史》中写道："彼得邀请许多有名的罪犯一起吃饭，并放礼炮庆祝和他们的和解。"诗人把他所办的《现代人》杂志的第一卷（在十二月党人判刑十周年的一八三六年出版）献给了他们，使这首诗意味特别深长。像十年前他写的《斯坦司》一样，诗人以彼得一世为尼古拉一世示例，呼吁他成为"不坏的记忆"——大赦十二月党人。

① 一六六九年到俄国来的瑞典工匠，曾按彼得一世的指示修好英国人赠给他父亲的小海船。

开进瑞典割让的港湾,
俄国这支年轻的舰队
要前去把爷爷①接回,
于是雄赳赳的儿孙们
在老人面前列好队阵,
排炮和歌声一齐轰鸣
共同来向科学致敬?

或许皇上要纪念周年,
庆祝波尔塔瓦的战果?
是他打退了瑞典人,
拯救了我们的祖国。
或许皇后已经生产?
或许到了她的诞辰,
那创造奇迹的伟人
要为爱妻大宴群臣?

不对!他这是为了宽恕,
为了赦免臣僚的罪愆,
共饮一杯喜庆的酒,
从此不计往昔旧怨;
臣僚上前亲吻主额,
龙颜主心一样光明;
浩荡皇恩如此庆贺,
无异战胜凶恶的敌人。

在雄伟的俄国京城
因此欢声笑语不停,

---

① 勃兰特修好的小海船被认为是俄国舰队之祖。

排炮和音乐齐鸣,
河上还摆开了船阵;
因此皇上大开酒宴,
与众臣僚开怀畅饮,
涅瓦河畔排炮轰响,
连大地也为之一震。

——以上陈馥译

给杰·瓦·达维多夫*

歌手,英雄,我向你致敬!
我没有迎着炮声、硝烟,
跨上疯狂暴烈的战马
紧紧追随在你的身边。
我骑着温存的珀伽索斯,
披着帕耳那索斯古礼服,
这礼服早已不合时令:
然而这种工作也很艰苦,
瞧,我的骑士威武英俊,
你是我的老爹和司令。
我的布加奇初看像个滑头,
一个哥萨克,坦率真诚!
如果在你先进的队伍里
他定会是个勇猛的标兵。

---

* 这里被歌颂的诗人,指游击队员杰尼斯·瓦西里耶维奇·达维多夫(1784—1839)。普希金高度评价他的诗歌,把他看成是自己的文学老师之一,并说达维多夫"使他在学校时就已觉得有独创的可能性"。这首诗与赠书《布加乔夫造反史》一同寄出。诗的第一句译自法国诗人阿诺在寄赠给达维多夫的书上的题词。

* * *

隐居的神父和贞洁的修女
作过许许多多的祈祷,
要叫心儿腾飞,直至天宇,
让它经受人世的战斗与风暴;
但没有一篇祷词这样感动我,
像大斋戒节悲伤的那天,
这位牧师发出的声音;
他的祷词常来到我的嘴边,
给沉沦的我以神奇的力量:
我的年华的主宰!见异思迁,
这暗藏的毒蛇和空虚的热狂,
不要让它们爬到我的心上。
但是,天哪,要我认清自己的罪过,
不使我的兄弟听到我的苛责,
请在我心里激起温顺的感情,
培养起容忍、纯贞与爱情。

* * *

当我在城郊沉思地徘徊,
发现我已走到公共墓地,
我看见栅栏,小柱,华丽的坟墓
(底下腐烂着首都的全部尸体),
乱七八糟,一排排挤在沼泽里,
像贪婪的客人分享乞丐的餐食,
这是埋葬商人、官吏的陵园,
廉价石匠的主意也够荒诞,
种种诗体的和散文的题铭
颂扬着死者的职务、官衔和德行;
寡妇多情地哭戴绿帽的丈夫,
小偷把骨灰瓶从小柱上拿走,
光滑的墓穴也在那儿大张口,
盼望着清早就来新住户,——
这一切混沌的思想让我想到,
向我袭来的忧郁是不祥的预兆。
真想啐一口就跑……
　　　　　　然而我又喜欢
秋天的时光,寂静的傍晚,
去拜谒乡间祖宗的坟茔,
那里死者在庄严的寂静里入梦,
那里坟墓没有装饰,却很空旷,
苍白的盗贼黑夜也不会对它赏光;
久远的墓石为黄色苔藓覆蔽,

村人路过,总要祈祷和叹息;
没有小小的金字塔和浮华的骨灰瓶,
没有无鼻的男神和破损的女神,
只有一棵橡树威严地站在肃穆的坟场,
摆动着,喧嚷着……

* * *

Exegi monumentum.①

我给自己建起了一座非手造的纪念碑,
人民走向那里的小径永远不会荒芜,
它将自己坚定不屈的头颅高高扬起,
　　高过亚历山大的石柱。②

不,我绝不会死去,心活在神圣的竖琴中,
它将比我的骨灰活得更久,不会消亡,
只要在这个月照的世界上还有一个诗人,
　　我的名声就会传扬。

整个伟大的俄罗斯都会听到我的传闻,
各种各样的语言都会呼唤我的姓名,
无论骄傲的斯拉夫人的子孙,还是芬兰人、
　　山野的通古斯人、卡尔梅克人。

我将长时期地受到人民的尊敬和爱戴:
因为我用竖琴唤起了人们善良的感情,
因为我歌颂过**自由**,在我的残酷的时代,
　　我还为倒下者呼吁同情。

---

① 我建起了一座纪念碑(拉丁文)。题词来自贺拉斯的颂歌《致梅利波缅》。
② 为纪念亚历山大一世而在彼得堡皇宫广场上建起的花岗岩大型圆柱;一八三四年普希金特意离开彼得堡,不愿参加"圣化"圆柱典礼。

啊，我的缪斯，你要听从上天的吩咐，
既不怕受人欺侮，也不希求什么桂冠，
什么诽谤，什么赞扬，一概视若粪土，
　　也不必理睬那些笨蛋。

——以上陈守成译

"名著名译丛书"书目
（按著者生年排序）

第 一 辑

书　　名	著　　者	译　　者
荷马史诗·伊利亚特	[古希腊]荷马	罗念生 王焕生
荷马史诗·奥德赛	[古希腊]荷马	王焕生
伊索寓言	[古希腊]伊索	王焕生
一千零一夜		纳训
源氏物语	[日]紫式部	丰子恺
十日谈	[意大利]薄伽丘	王永年
堂吉诃德	[西班牙]塞万提斯	杨绛
培根随笔集	[英]培根	曹明伦
罗密欧与朱丽叶	[英]莎士比亚	朱生豪
鲁滨孙飘流记	[英]笛福	徐霞村
格列佛游记	[英]斯威夫特	张健
浮士德	[德]歌德	绿原
少年维特的烦恼	[德]歌德	杨武能
傲慢与偏见	[英]简·奥斯丁	张玲 张扬
红与黑	[法]司汤达	张冠尧
格林童话全集	[德]格林兄弟	魏以新
希腊神话和传说	[德]施瓦布	楚图南

高老头 欧也妮·葛朗台	[法]巴尔扎克	张冠尧
普希金诗选	[俄]普希金	高 莽 等
巴黎圣母院	[法]雨果	陈敬容
悲惨世界	[法]雨果	李 丹 方 于
基度山伯爵	[法]大仲马	蒋学模
三个火枪手	[法]大仲马	李玉民
安徒生童话故事集	[丹麦]安徒生	叶君健
爱伦·坡短篇小说集	[美]爱伦·坡	陈良廷 等
汤姆叔叔的小屋	[美]斯陀夫人	王家湘
大卫·科波菲尔	[英]查尔斯·狄更斯	庄绎传
双城记	[英]查尔斯·狄更斯	石永礼 赵文娟
雾都孤儿	[英]查尔斯·狄更斯	黄雨石
简·爱	[英]夏洛蒂·勃朗特	吴钧燮
瓦尔登湖	[美]亨利·戴维·梭罗	苏福忠
呼啸山庄	[英]爱米丽·勃朗特	张 玲 张 扬
猎人笔记	[俄]屠格涅夫	丰子恺
包法利夫人	[法]福楼拜	李健吾
昆虫记	[法]亨利·法布尔	陈筱卿
茶花女	[法]小仲马	王振孙
安娜·卡列宁娜	[俄]列夫·托尔斯泰	周 扬 谢素台
复活	[俄]列夫·托尔斯泰	汝 龙
战争与和平	[俄]列夫·托尔斯泰	刘辽逸
海底两万里	[法]儒勒·凡尔纳	赵克非
八十天环游地球	[法]儒勒·凡尔纳	赵克非
马克·吐温中短篇小说选	[美]马克·吐温	叶冬心
汤姆·索亚历险记	[美]马克·吐温	张友松
爱的教育	[意大利]埃·德·阿米琪斯	王干卿
莫泊桑短篇小说选	[法]莫泊桑	张英伦
契诃夫短篇小说选	[俄]契诃夫	汝 龙
泰戈尔诗选	[印度]泰戈尔	冰 心 等
欧·亨利短篇小说选	[美]欧·亨利	王永年

名人传	[法]罗曼·罗兰	张冠尧 艾珉
童年 在人间 我的大学	[苏联]高尔基	刘辽逸 等
绿山墙的安妮	[加拿大]露西·蒙哥马利	马爱农
杰克·伦敦小说选	[美]杰克·伦敦	万紫 等
卡夫卡中短篇小说全集	[奥地利]卡夫卡	叶廷芳 等
罗生门	[日]芥川龙之介	文洁若 等
了不起的盖茨比	[美]菲茨杰拉德	姚乃强
老人与海	[美]海明威	陈良廷 等
飘	[美]米切尔	戴侃 等
小王子	[法]圣埃克苏佩里	马振骋
钢铁是怎样炼成的	[苏联]尼·奥斯特洛夫斯基	梅益
静静的顿河	[苏联]肖洛霍夫	金人

第 二 辑

威尼斯商人	[英]莎士比亚	朱生豪
忏悔录	[法]卢梭	范希衡 等
罪与罚	[俄]陀思妥耶夫斯基	朱海观 王汶
哈克贝利·费恩历险记	[美]马克·吐温	张友松
漂亮朋友	[法]莫泊桑	张冠尧
斯·茨威格中短篇小说选	[奥地利]斯·茨威格	张玉书
海浪 达洛维太太	[英]弗吉尼亚·吴尔夫	吴钧燮 谷启楠
日瓦戈医生	[苏联]帕斯捷尔纳克	张秉衡
大师和玛格丽特	[苏联]布尔加科夫	钱诚
太阳照常升起	[美]海明威	周莉

第 三 辑

神曲	[意大利]但丁	田德望
吉尔·布拉斯	[法]勒萨日	杨绛
都兰趣话	[法]巴尔扎克	施康强

叶甫盖尼·奥涅金	[俄]普希金	智 量
笑面人	[法]雨果	郑永慧
红字 七个尖角顶的宅第	[美]纳撒尼尔·霍桑	胡允桓
死魂灵	[俄]果戈理	满 涛 许庆道
南方与北方	[英]盖斯凯尔夫人	主 万
莱蒙托夫诗选 当代英雄	[俄]莱蒙托夫	余 振 等
前夜 父与子	[俄]屠格涅夫	丽 尼 巴 金
白鲸	[美]赫尔曼·梅尔维尔	成 时
米德尔马契	[英]乔治·爱略特	项星耀
小妇人	[美]路易莎·梅·奥尔科特	贾辉丰
娜娜	[法]左拉	郑永慧
一位女士的画像	[美]亨利·詹姆斯	项星耀
十字军骑士	[波兰]亨利克·显克维奇	林洪亮
樱桃园	[俄]契诃夫	汝 龙
约翰-克利斯朵夫	[法]罗曼·罗兰	傅 雷
我是猫	[日]夏目漱石	阎小妹
嘉莉妹妹	[美]德莱塞	潘庆舲
月亮与六便士	[英]威廉·萨默塞特·毛姆	谷启楠
人性的枷锁	[英]威廉·萨默塞特·毛姆	叶 尊
人类群星闪耀时	[奥地利]斯·茨威格	张玉书
尤利西斯	[爱尔兰]詹姆斯·乔伊斯	金 隄
好兵帅克历险记	[捷克]雅·哈谢克	星 灿
城堡	[奥地利]卡夫卡	高年生
喧哗与骚动	[美]威廉·福克纳	李文俊
老妇还乡	[瑞士]迪伦马特	叶廷芳 韩瑞祥
金阁寺	[日]三岛由纪夫	陈德文
万延元年的 Football	[日]大江健三郎	邱雅芬